2020重庆市政府资助出版

椒乡之歌

刘恒森◎著

天津出版传媒集团

天津人民出版社

图书在版编目（CIP）数据

椒乡之歌 / 刘恒森著. -- 天津 : 天津人民出版社,
2024.4

ISBN 978-7-201-20411-6

Ⅰ.①椒… Ⅱ.①刘… Ⅲ.①报告文学－中国－当代
Ⅳ.①I25

中国国家版本馆CIP数据核字（2024）第074559号

椒乡之歌

JIAOXIANG ZHI GE

出　　版	天津人民出版社	
出 版 人	刘锦泉	
地　　址	天津市和平区西康路35号康岳大厦	
邮政编码	300051	
邮购电话	（022）23332469	
电子信箱	reader@tjrmcbs.com	
责任编辑	岳　勇	
装帧设计	燕　子	
印　　刷	成都市兴雅致印务有限责任公司	
经　　销	新华书店	
开　　本	880毫米×1230毫米　1/32	
印　　张	7.75	
字　　数	185千字	
版次印次	2024年4月第1版　2024年4月第1次印刷	
定　　价	58.00元	

序

廖义伟

中华民族的振兴是中国共产党人的使命，而民族振兴乡村必振兴。乡村振兴，产业振兴是重要抓手。我区各级党委、政府自 1980 年起带领全区干部群众紧紧抓住花椒科学种植不放，一届接着一届干，经过 40 年艰苦卓绝的斗争，终于将名不见经传的花椒产业培植成为种植面积达 55 万亩、产值达 35 亿元、惠及 60 多万椒农、人均增收 5000 余元的大产业，把江津区打造成全国最大的三个花椒之乡之首，创造了产业链最长、经济效益最高、科技含量最高、惠及农户最多等九个"全国之最"，两次进入国家"863"科技发展计划。在庆祝中国共产党建党百周年实物展览中，江津花椒成功入选，是全国农业产品永久展览的两件产品之一。

江津人自己创造培育的"九叶青"花椒还获得国家地理保护产品标志，是全国推广种植面积最大的青花椒品种。

报告文学《椒乡之歌》忠实记录了江津花椒产业从弱到强，兴旺发达的全过程，热情讴歌了江津区各级党委和共产党人牢记初心使命，带领全区人民四十年如一日地艰苦奋斗，坚信不疑，坚定不移，坚强不屈，说实话，鼓实劲，求实效，栉风沐雨，硬是闯出一条农业产业化新路，为振兴乡村、建设社会主义新农村开辟出一条新路的为民情怀和伟大功绩。

《椒乡之歌》创作出来之后，受到广大读者的欢迎与喜爱，并受到重庆市委宣传部和重庆市作家协会的肯定与好评。

希望通过本书的出版，满足更多读者朋友的阅读需求，为促进我区农业产业化发展发挥更大的推动作用。

是为序。

（作者系江津区人民政府副区长）

引 言

　　花椒，尽管它是中国八大调味料之一，江津人却并没有对它表现出应有的尊重，给了它一个令人气不是恼不是笑也不是的名字——狗屎椒。狗屎，有它，可以肥一窝两窝庄稼。没有它，也没有什么大不了的事情。在那温饱尚不能保证的情况下，调味料也就只能是有了固然好，没有也不伤大雅。狗拉屎，东一坨西一摊，从来没有集中到一起过。历史上的江津人种花椒也如狗拉屎一样，东一株西一株的。狗拉屎，往往院边屋角处拉。农家种植花椒也常常在院边屋角种植一株两株。

　　谁能想到就是这么一个被人们视作可有可无的农作物，经过江津人整整40年的艰苦卓绝的奋斗，硬生生把它做成了一个大产业，江津农业的支柱产业，带领江津农民脱贫致富奔小康的支柱产业。多大？50多万亩，全国三大花椒基地之首，帮助60余万椒农脱贫致富。农业农村部产业化办公室在给"首届中国花椒产业发展高峰论坛"组委会的贺信中赞誉江津花椒"规模之大、带动农民之多、综合效益之好、产业链之长，居全国首位"。科技部党组书记、副部长李学勇在考察江津花椒产业时十分高兴地说："在一个县域内由高科技企业带动农民群众在一个产业，发展规模如此之大，效益如此之好，实属罕见！"农业农村部副部长刘坚、齐景发，国家林业和草原局常务副局长李育才，国家科协副主席徐善衍在视察江津花椒产业时称赞不已。刘坚说："从江津花椒产业看到了全国农业调整和农民增收的希望。"①

江津花椒产业的发展引起了党和国家领导人的高度关注和悉心呵护。国务院总理李克强、温家宝，全国人大常委会委员长吴邦国、张德江，中共中央政治局常委贺国强，中共中央政治局委员、国务院副总理吴仪和全国政协副主席张思卿及全国政协常委丁衡高等先后来江津考察调研，并作出重要指示。至于中央各部委领导来江津考察、指导江津花椒产业发展的就更多了。有些领导还多次来江津深入田间地头指导工作。重庆市的书记、市长以及市委常委、副市长们更是经常来江津考察调研，为江津花椒产业的发展倾注心血。

在党和国家领导人的亲切关怀下，在中央各部委和重庆市领导同志的直接和悉心关怀指导下，江津县（市、区）委带领着150万人民四十年如一日地矢志不移、团结一致、不畏艰险、奋力拼搏，硬是使江津花椒产业创造出九个"全国之最"：从业人员最多、增收效果最佳、花椒品牌最响、种植规模最大、产品质量最优、科技含量最高、综合效益最好、产业链最长、市场前景最广。

---

① 封林：《麻遍全国　香飘世界——江津花椒资料汇编》，2017 年，第29 页。

　　江津花椒声名鹊起，自然吸引来众多的考察调研参观学习者。具体有多少？谁也没有详细记载过。事实上也记不过来。不过有报道说：全国青花椒种植迅速发展到600多万亩，其中80%和江津有千丝万缕的关系。

　　我为江津花椒产业的辉煌业绩感到骄傲自豪。我为60多万椒农靠着花椒脱贫致富奔小康而欢欣鼓舞、激动难抑！只因为他们中有我的父老乡亲，兄弟姐妹，血肉同胞。

　　这是怎样的40年啊！

　　我用了近10年的时间行走在椒乡大地，穿梭于椒林之中，和椒农闲聊在院坝田间，与党的基层干部交流在市场摊位前。10年时间里江津全区26个镇街我走了近20个。因为全区每个镇街都栽种了花椒。其中的白沙镇（24个村居）我用了一个盛夏又一个清秋走了个遍。聂帅的故乡吴滩，我已经不知道去了多少遍。在江津花椒的发轫之地先锋镇，宣传委员王凤放下手中的工作，顶着炎炎烈日，带领着我把全镇所有的村走了个遍，还走访了好多好多的农家小院。

　　走访中我认识和结交了许多椒农朋友和党的基层干部。我沉浸在深深的情谊和美好的时光之中。

　　独乐乐不如众乐乐。于是我有了把所见所闻所感写下来，与人分享的冲动。尽管挂一漏万，尽管手笨笔短。

　　于是就有了呈献于此的报告文学。

　　我想唱一曲《椒乡之歌》给你听。不知道你爱听不爱听，喜欢不喜欢？

目录

缘起于一次不期而遇的邂逅

　　那是一个早春时节的中午，我在滨江新城办完事情准备乘公交车回几江镇吃午饭。天下着雨，又冷又饿的我蜷缩在车站的一个角落里默默地候车。一个五十来岁的工人大步流星地走了过来，"老哥，整支烟？饱懒饿神仙，饱吃冰糖饿烧烟。"一句话说得你不抽他这支烟都会感觉不好意思，像欠他一份人情似的。可是"我确实不会抽烟"。

　　他没有勉强。

　　"回城去？"他猛吸一口之后，慢慢地吐着。一副十分享受的样子。看来是真的饿了。

　　我点了点头。

　　"回家吃饭吧？"我也出于礼貌，反问一句。

　　"嗯。"

　　"回双龙？"

　　"不。我是先锋人。"

　　"那么你这是……？"

　　"去双福。"

　　"去双福？我还以为你是回家吃饭呢！"

"是啊，是回家吃饭呀。"

"你？"

"走哦，大哥，到我家整二两？多个人喝也热闹些。反正下午扎雨班，没事干。让老婆炒几个菜，喝二两，暖和暖和。"

酒没有喝，身子倒是暖和了起来。萍水相逢，这老弟倒是蛮热情的。

车好像一下子还没有来的意思。

"前年在双福国际买了套百多平方米的房子。你说气人不气人？"听不出有怨恨的成分，反倒觉出几分的炫耀和自豪。这家伙，倒是蛮会说话的。我一下子来了兴趣。

"？"

"你们城里的工作人员买商品房就可以按揭贷款，我们农民就不可以。你说这合理吗？这不是欺负人吗？"

"……"我无言以对。

"不按揭就不按揭。全款嘛，我掏就是！"

好气派。中气十足。是条汉子！

"五六年前，我儿子在重庆南岸区上交通大学，要了个女朋友，我在南坪给他们买了套百来平方米的商品房，还不是付的全款，连装修、买家具一起花了一百好几十万。"

"大哥厉害！真的是乌龟有肉在肚皮哩！"

我扪心自问：我有这等气魄？这般的实力？

"我还是不明白你为什么要在双福买套房子呢？"

"我现在主要在双福新区和滨江新城打工。双福买套房，把老婆接来给我煮饭吃。以后呢，我那读研究生的儿子留校当老师呀啥的，在双福住也可以。交通大学不是在双福有个分校嘛，方便。"

有钱，就是牛！没法子。不服不行，财大气粗嘛。

"你们呢？"

"回先锋去住啊。反正老家的三层楼房还是在的嘛。"

"咂……你老弟还真的是狡兔三窟！"

"嘿嘿……"

"车来了，去双福的。你上车吧，你家我就不去了。"

"你？"

"我真的下午有事。"

"大哥你这人呀，一点儿都不大势。我陪你吹一会儿，反正下午扎雨班。"他没有勉强我。

大势？我大势得起来吗？没有实力支撑，吹牛都心虚。底气底气，有真金白银垫底，才能有"气"。

"我姓陈，先锋绣庄村的。我家兄弟二人。我哥在深圳当了个小老板，把我爹妈接了过去。他是要我也过去，在他那里帮忙打理一下，一个月给我两万元工资。"

"你咋个不去呢？"

"两万元？就想买我一个月？"

"你？"我愣愣地望着他。

是我去不去呢？我能抵挡住这个高薪的诱惑？

"不去！"干脆利索。

"为啥不呢？"

"我在家，不是吹牛的，打个蹩脚都不止挣那么点儿钱！"

"你……？"我惊讶得差点把眼珠子都掉下来。

"你是架子工？"

"我是钢筋工。"

"一个月能不能挣一万元钱？"

"差不多吧。"

"那和一月两万比较起来……？"

"你别忘了我可是先锋人哟！我才刚刚给你讲过了的。"

哈哈，这家伙让先锋人在这里等着我呢！铺垫做得好厚实。

"先锋人又是怎么回事？有什么特别之处？"我知道先锋人有钱，可还没见过这么牛的有钱人。

"我也不和你绕圈子了。我自己家三个人的土地，我哥一家连同父母共五个人的土地，还捡到一个亲戚家几个人的土地，统统都栽花椒，光花椒卖20多万没有问题。过完年才开始全力以赴地去管理，到端午节就收获了。平时请个亲戚照顾一下。我还培育点花椒秧苗卖，又可以挣个十万八万的。这些都可以趁扎雨班去打理打理。即便是农忙时节，我也可以忙里偷闲抽点时间出来打点零工，农闲时节就出来干钢筋工，偶尔外出卖点花椒苗呀什么的。"

"乖乖。"我不由得由衷地赞叹，"火车真不是推的，牛皮真的还不是吹的。"

"我还告诉你一个秘密。"

"秘密？什么秘密？"难道这世上还有比"如何发家致富"更加秘密的事情？我好生急切，想早点知道。我的好奇心被吊了起来。

"不过，你千万别笑话我。"

"我保证。"

"按理说，我当老人公的是不该谈论儿媳妇的。"

"说嘛，没关系，我绝对给你保密。"

"我那儿媳妇就是给'麻'来的！"

"这话怎么讲？"

"儿子大二的时候，带了几个同学来家过星期天。去我家花椒林逛了逛，非常感兴趣，非得要和我们一起上山摘花椒，一起去市场卖花椒。"

"后来呢？"

"后来其中的一个女同学就每个学期都要来我们家摘花椒、卖花椒了。"

"再后来呢？"

"再后来就成了我的儿媳妇儿了。"

"有点意思！有点意思！太有意思了！这就是人们常说的花椒情缘？"

"呵呵，我的工友们都说，这叫'椒为媒'！"

…………

我多少个日日夜夜里满脑子都是花椒、媳妇，媳妇、花椒，花椒……近几年来，我一直想写一篇关于花椒的文章，却为寻找其切入点而困惑、迷茫，就以"椒为媒"为题切入？

一个词组带来的困惑

　　这个词组叫作"人杰地灵"。读书的时候老师告诉我们说是并列词组，仿如青山绿水、蓝天白云。可是随着年龄越来越大，见识的事情越来越多，分明感觉它应该是偏正词组。强调土地的作用的时候是"地灵人杰"，强调人的作用的时候则是"人杰地灵"。前是因后是果。

　　但是将这种认知用到先锋、先锋花椒、先锋人的描述上，我又惶惑了。

　　我相信那位陈姓大哥告诉我的情况是真的。因为在此之前，先锋镇党委宣传委员王凤带我去拜访过一个姓马的朋友，这位朋友有着同样的"夸张"。为了小孙孙读幼儿园方便，干脆在先锋场上买一套高档小区楼房住起来。而他原本的家就在离场几公里的香草村。"花了几十万吧？"我在他家转了一圈，试探着问。

　　"几十万都不花吗？你以为我们这里比你们城里便宜好多吗？"

　　说什么呢？我无话可说，看老马那轻松自在幸

6

福洋溢的样子，我就感觉我那句话特多余。

"在我们先锋，哪家没有百八十万的存款呢？"

"这个我信。"一年挣个 10 万元的比比皆是。"一年弄个五六十万并不稀奇"的传奇故事我没有少听。

"那你人住在这先锋场上，又要照顾孙子上学，又要照顾生病的妻子，你家里花椒咋办呢？"病恹恹的老太婆出来和我们打了个招呼，又到里屋歇下了。我的心里咯噔一下……

"忙完家务，照顾老太婆吃好药，就把小孩送到幼儿园，然后，开个烂搭斗，呜儿一声就开回村里，打理花椒了。该放学接娃娃的时候，开着烂搭斗，呜儿一声又回先锋场了。"

烂搭斗，农村人对自家轿车的"谦称"。农家大哥也开轿车下地种庄稼，在先锋绝对不是个例，那一个个农家院坝、田边地头停放的轿车就是明证。

"农闲季节就自己干，大忙季节还是请人帮忙。"

"够辛苦的！"

"还好吧，种花椒事不多，这家伙好伺候。"

"去年剩下几个啰？"

"不多，当你们城里人那点死工资还是干得起。"

这位老马大哥，当兵时入党，五年后回到家务农不久，因为战友的介绍而到攀枝花的工厂打工，就在已经填表即将转正为正式工的当儿，家乡党组织一声召唤，让他回乡担任大队支部书记，带领全体社员发家致富。那是 1979 年，党的十一届三中全会召开后不久。他毅然决然地放弃了万千人求之不得的"国有企业正式工"编制，回到了家乡。回家时用打工的工资买了几百株云南花椒苗。

因为种种原因，只栽活了几十株。

有人说，这是先锋花椒的"发端"。并且这种说法流传很广。

其实，这种说法实在值得商榷。一个人单枪匹马地干，又能有多大的作为呢？

真正把先锋花椒做大做强，做出了一个大名堂的，是另一个人——辜文兴。1980年，时任高牙公社党委书记的他，慧眼识珠，大力推介，开始了规模化种植……这是后事，以后细述。

而我当时最感兴趣的是老马大哥千里迢迢打工归来，别的什么都没有买，为什么就偏偏买了几百株花椒苗带回家呢？

我的好朋友，区公安局原纪委书记王德华告诉我说："在我们先锋自古以来就有这么一个习俗：谁家嫁姑娘，都要陪嫁几株花椒苗的。有了这几株花椒树，以后她的家庭称盐打油的钱就不用愁了。"

什么叫习俗？顾名思义，就是某一地域的人们在长年累月的生产生活中所养成的约定俗成的一种习惯。这是一种融入骨髓的自觉。什么叫自觉？就是一种无需提醒的自然而然，甚至自己都并未觉察的行为和觉悟。这几乎是一种本能。

于是才有了老马大哥连自己也说不出"为什么"别的什么也没有买就只买了几百株花椒苗回家的令我这个外地人难以理解的事情。不就是为了以后家庭称盐打油的钱有个着落吗？

其实我也是江津人，老家也在农村，家里也曾种花椒。可是在我的家乡嫁姑娘并没有陪嫁花椒苗的习俗。这正印证了"十里不同俗"的古训。

都说"各方各俗"，我感兴趣的是：为什么先锋这块土地上就会出现这样一种习俗呢？

先锋的朋友回答我：地灵呗！

"这地又是如何灵的呢？"我有点"不讲道理地'扭倒费'""打烂砂锅问（纹）到底"的讨人厌。其实这是给自己出难题，常常弄得人夜不能寐。

这个答案我在夹滩场的一个"扭倒费"中似乎找到了。

在夹滩场的"扭倒费"

　　那天，我在夹滩政府办完事情后去公路上候车回城，正好旁边有个卖花椒秧的大哥。和别的卖椒秧人一个最大的不同就是他有一个摊子，只是简陋至极：地上并排铺了两个曾经装化肥的塑料袋。花椒秧苗就摊开摆放在"摊子"上，方便顾客选择购买。一根竹棒斜倚在墙，人便斜靠着棒子，倒也舒坦自在。有些不一样，便是引人感兴趣之所在。反正久等车也不来，闲着无聊，便去和他攀谈。话题自然从花椒、花椒秧苗谈起。

　　"我们夹滩场之所以卖花椒、卖花椒秧的人特别多，主要是这方土地决定的。土壤气候适宜。"

　　"在我们江津土壤气候适宜的地方多了去。"

　　显然我是不太认可这个说法的。

　　"我们这地方坡地多，土壤贫瘠，土层薄，保不住水分，田块又破碎，种红苕种高粱都不行。种几株花椒嘛还有点收成，值几个钱。"

　　"哦……是这样子的。"

　　"你知道我们这个场叫夹滩吧。一条笋溪河流过，可以借助舟船运输省点搬运东西的力气。偏偏一滩又一滩，滩夹滩，给舟船运输带来不少的困难。弄点柑橘、粮食去江津城卖嘛，又重又不值钱。挑一百斤柑橘去江津，费不尽的劳力，所卖得的钱往往还不够力气钱。如果是换成了花椒，手中拎一口袋，背个背篼弄点去江津城，卖得的钱就不是十元八元，而是几百块甚至上千块，胜过十个八个汉子挑红苕卖、挑高粱卖、挑柑橘卖得的钱。这账就是憨包都算得过来。"

"大哥好精明！"

我由衷地赞叹。

"这是给逼出来的主意。换成了你生长在这地方，你也会有这样的主意。这，或许就是你们那些读书人所说的：活人还能让尿憋死吗？"

我还能说什么呢？一向自信还能说几句的我此刻居然就找不到适合的话来应对了。

"这就是说：趋利避害，因地制宜。"

我侧目，我惊叹。

我很高兴能够和这位大哥攀谈，有一种醍醐灌顶的痛快与欣喜。我是个难缠的人，还有好些问题想继续问下去。无奈被江南职高的林发礼校长发现了，被他死拉活拽着，非得去他们学校坐坐不可。

也好，林校长是出了名的"夹滩场"，夹滩场上的事就没他不知道的。我还没有弄清楚的事情，问问他不就得了吗？

"这个人姓李，住家离夹滩场五六里。家里兄弟姐妹五个。是他靠种花椒秧卖，支撑家里开支，供弟妹上学读书。"

"这么厉害？"

"他还是一个大队的党支部书记，他和花椒撑起了一个十口大家庭，社员们都学着他干。你看这夹滩场上卖花椒、卖花椒秧苗的差不多都是他们大队的。"

"哦,这家伙好厉害,真的是人不可貌相,海水不可斗量啊!"我由衷地赞美着。一个人撑起十口人的大家庭,了不起,太了不起了,换作我能行吗?

"他叫李德华,有个李德良,是他的四兄弟,在仁沱当区委书记。"

"哦……"

我对谁当什么官从来不感兴趣,林校长也就没有再讲下去。

可是在往后的日子里,即使我不在先锋行走,只要我和人们谈起江津花椒,李德良的名字总是被人提起,绕不开,躲不过。

这是一片神奇的土地

神奇就神奇在这片土地上真真正正是人才辈出，群星璀璨，争奇斗艳。只要你在先锋大地上行走，先锋人向你介绍起他们的先贤俊杰那股子得意和自豪，非得要让你赞叹不已，让你因为不是先锋人而逊色三分都不止。

打开《先锋镇志》人物篇：国学大师、北京大学中文系教授王利器的大名赫然在目。紧随其后的是中国中医泰斗级人物、中国中医研究院院长王文鼎。中国工程院院士、著名水稻育种专家、与水稻育种专家袁隆平齐名的四川农业大学教授周开达也出生成长在这片土地上。他们几乎是同时采用各自不同的方式培育成功了杂交水稻，为保障中国的粮食安全做出了重要贡献。这一类在国家某一领域取得辉煌成就，在全国范围内具有影响力的人物还有好多位。这已经叫人赞叹不已了。可是令人瞠目结舌的还有一大批"黄泥巴脚杆"，同样具有别样风采。

打开文友刘思平编辑的《江津林业志》，我们可以看到：在世界柑橘史上占有十分重要地位的"江津鹅蛋柑"，即当代仍然享有盛名的"江津锦橙"，于20世纪30年代就最早出现在先锋人的果园里。而广为世人熟知，在世界柑橘栽培史上与江津鹅蛋柑双星同耀的"江津大红袍"仍然最早出现在先锋人的果园里，并且这两个果园相距不过十来公里。

如果说这已是"陈谷子烂芝麻"的往事旧事，但先锋镇党委宣传委员带我去香草溪畔、金沙寨山麓的刘氏果园转悠所见之景况，简直可以用"震撼"来描绘和形容。

老刘以一己之力，在他的果园里种植下一百多个品种的柑橘，几面大墙壁上满满地贴着国家、重庆市、江津区"科技示范户""科技创新先进典型"等奖状，把"勇于探索，勇敢创新""科学种田""科学致富""产业致富"的精神彰显得淋漓尽致。

这是一块多么神奇的土地啊！在这块具有勇于创新，敢于探索，富于想象力而又敢于领先的人文传统的土地上，有什么人间奇迹不会发生，不被创造出来呢？花椒，这个小众得不能再小众，千百年来只能种植在田边地头、农舍院坝角落里的作物，一种被江津人叫作"狗屎椒"的农作物居然登上大雅之堂，成为一个帮助千百万农家脱贫致富奔小康的大产业，实现了华丽的转身和蜕变。这样的奇迹发生在先锋镇就是理所当然的了，不，不，不，最多也只能算是奠定了坚实的群众基础和人文环境基础。

但是众所周知，世间任何事物的发生和发展都是与众多其他事物相联系的，不可能是孤立的。也就是说"花椒之乡"这块金字招牌的得来，只是有这块"神奇的土地"是远远不够的。那么还有哪些相关联的事物的影响呢？其中起主导作用的，或者说决定性作用的又是什么呢？

我继续行走在先锋大地上求索。

旁枝斜逸

　　原本是去先锋镇采写文物故事的。可是每到一村，和乡贤长者甚至村社领导们聊着聊着，在不知不觉中便变换成了花椒，真的是"三句话不离本行"啊！聊到高兴处大家伙儿笑得前仰后合，泪水也哗啦哗啦地流。起初我对旁枝斜逸，偏离目标方向的谈话好生反感，却又出于礼貌不便硬性阻止，扳正话题，到后来也慢慢习惯了，甚至于也和他们一起叙谈，一起分享快乐。既然不可避免，那就顺其自然吧。"失之东隅，收之桑榆"又何尝不是一种快乐呢？

　　先锋人对他们的花椒爱得实在是太深太深了，围绕着花椒发生的故事实在是太多太多了。为它哭为它笑，为它打为它闹，就差点没有为它手舞足蹈了。

　　这样子说，绝对不是文人的夸张之词，为抓读者眼球，达"语不惊人死不休"的效果。而是实实在在的的确确曾经发生过的故事。这些故事在先锋大地上流传，几乎是家喻户晓。其中有的故事甚至还上过中央级媒体。

这些故事究竟是如何生动而又令人感动、令人忍俊不禁呢？还是用句绣庄村鹤山坪东坡居住的一位老人的话来形容吧："鬼都笑得出尿。"

鬼是什么样儿的？

没见过。

可是鬼故事却是听过不少。

鬼也要尿尿吗？

不知道。

能够让鬼都笑得出尿的事儿又该是怎么样的一件事儿呢？老人家好生矜持。算了，算了。说出来，我这张老脸都没地方搁。

我好生期待，心急火燎。

鬼都笑得出尿

　　"当年鏖战急，弹洞前村壁，装点此关山，今朝更好看。"行走在鹤山坪东坡椒林，看着那米兰似的椒花，嗅着比米兰更清爽浓郁的花香，人，也顿觉神清气爽、精神抖擞了起来。公鸭似的嗓子也痒得不行，"酒飘香歌声飞"的吼叫仿如山风一般，不管旁边的朋友欢迎不欢迎都随风飘散了。施光南，一半血统的鹤山坪人啊，不会讨厌我糟蹋了你美妙的音乐吧？要是你还健在，一定会写一首椒乡之歌的吧？你看看你看看，鹤山坪上的肥田沃土当然是舍不得用来种植花椒的。那是保我们的口粮饭碗的。四周尤其是东面坡地，除了石谷子（页岩）和乱石嶙峋之外，即使有点泥土也瘠薄得只有一两寸厚。山雨一冲便沟壑纵横。山坡上除了芭茅，就是几棵杨槐、桉树，以及青冈、臭黄荆等薪炭林，仿佛癞子的脑袋东一撮西一丛。当地人形容为"屙屎都不生蛆"的地方。如今花椒满山坡，平均亩产五百多公斤，高产的一亩七八百公斤，价值上万呢！施光南啊，人民音乐家，你面对这般的情景不

16

激动万分？不引吭高歌？一首《椒乡之歌》该有多么美！

我想啊，泉下有知的你一定太想知道这人世间都发生了什么，怎么会有如此翻天覆地的变化？家乡人创作的《椒乡之歌》该有多么美！你是否也会为它陶醉？

那是 1998 年 7 月，长年奋斗在农村党的基层组织工作岗位上的杨兴泉接过了江津市先锋镇党委书记的接力棒，也就接过了率领全镇六万农民群众脱贫致富奔小康，实现乡村振兴的重担和责任。

这是一场硬仗。

尽管自 1980 年，当时的先锋区高牙公社党委书记辜文兴就推行大面积种植花椒，之后的近 20 年里又在全先锋区范围推广，经过一届又一届的镇（区）委政府"咬定青山不放松"不彷徨、不犹豫，坚定不移地带领广大农民群众，硬是把"先锋花椒"品牌叫响，把花椒产业也做成了支柱产业，也收获了早期成果，可是这成果远谈不上丰硕。已经种植了花椒的农户小有所成就小富即安，故步自封，不愿意把自家的花椒产业做大做强……

通过花椒种植，确实能使椒农迅速地脱贫致富的事实雄辩地证明了这是一条相当不错的适合本地实际，实现农民脱贫致富的产业发展道路。

也就是在这时，党中央颁布"退耕还林"政策。政策规定，凡坡度大于 20 度的山坡地，原则上都要退耕还林。

而鹤山坪东西面山坡，坡度不仅是大大超过 20 度，并且到处是石头疙瘩，不然就是钢钎錾子也难以扎进挖动的石谷子（页岩）。稀稀拉拉的芭茅草、荆棘、槐树，在风中摇晃，在雨中悲泣。偶尔的几块庄稼地，由于土层太过瘠薄，种些红苕、高粱之类，一亩能收个两三百斤就算老天爷大发慈悲，颗粒无收倒是常有的事情。

榜样的力量是无穷的。号召广大农民群众扩大花椒种植面积，喊破嗓子，不如我们带头做出样子。找个最难啃的骨头啃吧。——《关于组织改造鹤山坪东面坡，建设万亩花椒基地的通知》以先锋镇人民政府〔1998〕99号文件发出了。

当然，在做出这个决定之前，杨兴泉是请来林业专家以及大学的教授们反复考察论证过的。花椒的特色一则是根系发达，水土保持能力强，也因根系发达，自身的耐旱耐瘠薄的能力也强；二则是耐贫瘠，即不需要那么多的肥料；三则是管理比较粗放。因此它是比较适合鹤山坪东坡退耕还林的理想树种，加上它有比较高的经济效益而优势突显，理所当然地成为先锋镇党委政府改造鹤山坪东坡，使这一河一域内的农民迅速地脱贫致富的理想选择。一举多得，显而易见。

可是我们不得不可是。

"哪个砍倒我的薪炭林试试！看我也打个炮眼填上炸药，炸了算了！"

"哪个砍了我的薪炭林，我就到他家吃饭，成了他家的活老人！"

一听说要在鹤山坪东坡"毁式开荒"种花椒，杨国忠（化名）老大爷第一个不答应，跳起脚骂了起来，脸红脖子粗，唾沫星子横飞。

"那个干旱坡坡，屙屎都不生蛆，种得活花椒？我伸手板煮锅巴饭给他吃。要是种得活，我们的先人们早种了。还要你们这帮子嘴上无毛的娃娃们瞎胡整？"

反对的声浪一浪高过一浪。有人带头闹，就有人附和起哄。

"大家都一窝蜂地种花椒，以后卖给哪一个？到那时候，你们当官的屁股两拍拍，灰都不沾一点，我们去找哪一个？找到了又如何？咬你脑壳硬，咬你屁股臭。倒霉的还不是我们这些农二哥！"

老杨读过几天书，说得到几句。

任你镇长书记还有村主任、书记说得嘴巴起泡流血，他只当是觅菜水。

1998年9月25日，先锋镇党委政府在杨家店花椒市场召开花椒基地建设动员大会。镇党委书记杨兴泉主持会议，镇长李福生作《全镇人民积极行动起来，突击2个月，全面完成万亩花椒基地建设定植任务》报告。会后镇党委政府委派19个工作组，60名镇干部，深入重点村社突击两个月，与群众一起参加劳动。

区里的一些机关干部也下乡来义务劳动，支援先锋镇的"鹤山坪东面坡改造，种植花椒活动"。说来也巧，几江国税所的廖迎香（化名）恰恰是老杨的小姨妹。小廖一听一起劳动的绣庄村的村民说起老杨的事儿，笑笑："没事儿。今天我们就去我姐夫那片承包地干，该咋干就咋干。""行吗?""没事儿。"

老杨果然没闹。

老杨被老婆拽着去赶夹滩场去了，顺便也走个亲戚。

"一物降一物，红苕喂肥猪。"老杨不怕老婆，却服气小姨妹。几年前他生了场大病，是小姨妹又是借钱给他治病，又是精心照顾他们两口子的吃住，硬是把他从阎王爷面前拉了回来。

几江国税所又恰好是绣庄村"城乡妇女手牵手"活动的对子单位，村党委了解到老杨和小廖有这么一层关系，自然是要利用一下的啰。

改造鹤山坪东坡，镇里真的下了血本，费了大力气。且不说花椒苗钱，也不说每砍一株（丛）洋槐树、荆棘丛、芭茅都给几十元的补偿费，就说每种下一株花椒树之前，都要打眼放炮，炸出一个小坑，刨去坑里石渣、页岩渣，填上远处运来的泥土。光那雷管炸药、钢钎十字镐锹铲的消耗就需不少钱。粗略统计，用去80余万元。

好大的手笔！好大好大的气魄！

试问天下，像这样的镇级政府，有几个？

这是一个地处西部地区的仅仅 6 万人口，5 万多亩土地的纯农业镇啊！

一句话：为了大地的丰收，为了鼓起农民的腰包。

改变"三农"面貌，实现广大农民脱贫致富奔小康，没有真招实招能行？

先锋镇党委政府将十分有限的资金用在了助推花椒产业发展之上，自然往后的苦日子、穷日子就只得由自己扛了。

几年以后，当老杨每年都有几万元的花椒收入，"睡着都笑醒了"的时候想起当年百般阻挠砍薪炭林，开山放炮种花椒的"鬼都笑得出尿"的荒唐事，自觉羞愧难当。他去找过杨兴泉书记，想说点什么。

"过去了的事就让它过去了，还提那些陈谷子烂芝麻的事干吗呢？只要把日子过好了，不就大家都高兴了吗？"

在老杨大哥的带领下，我们来到了鹤山坪东坡上的观景平台。

站在鹤山坪东面山坡上的观景台，我的心潮滚滚，随着山风的吹拂椒林绿浪起伏澎湃。这是全世界万千观景台中的唯一，一个为方便观景——数万亩花椒林的壮美与辽阔而专门修建的。更多的是为了方便万千从全国各地来参观学习考察先锋花椒的朋友。

"黄洋界上炮声隆，报道敌军宵遁。"[①]

不知道为什么，此时此刻我的耳际突然响起根据毛泽东诗

---

①毛泽东：《西江月·井冈山》，参见赵群主编：《大型系列电视艺术片〈毛泽东诗词〉》，人民出版社，1996 年，第 31 页。

词谱的歌曲。

只不过报道的不是敌军宵遁，而是"贫穷"宵遁！

我情不自禁地哼哼起来。

"东西东西，看了东不去看看西？"等我歌一哼完，老杨大哥心血来潮，游兴未尽，提议。

"东西？西？什么西？"

"看到你就知道了。"

"呃，你现在晓得那天你老婆为啥子要把你拉去赶夹滩了吧？"我转换了个话题。

"她们两姐妹合起伙来哄骗我。"

"不想方设法把你这个爱钻牛角尖的人弄走，你还不和镇里区里来放炮挖坑栽花椒的人打起来呀！"

"是的呢。"

"你呀，真的是狗咬吕洞宾，不识好人心啊！镇里砍了你那几棵树，刨了几丛丝茅草、刺笆笼，还补偿了你钱。开山放炮挖坑栽树，栽的树以后的收益还是你的，天下哪有这么好的事呢？这些好事都给你碰上了，你不感谢人家就算了，还要和人家打架骂娘，你呀……"

"呃，不说那些，你说我当时的担心对不对嘛？有没有道理嘛？"

"书记镇长都给你解释了，你不听，硬是以为他们是为了在上面梳光光头，得表扬，好升官发财，才拿你们当垫脚石。哎，你们咋个老是门缝缝里看人——把人看扁了呢？"

"这个……"

"现在呢？"

"我现在算是真的口服心服头发根根都服了。服服帖帖了。"

"服了什么呢？"

"科学。"

"喔？科学？说来听听。"

"你没有去夹滩场看看那个四面山花椒公司哟，每天好多好多汽车拉得满满的，一车车的鲜花椒过去，又运一车又一车的花椒油呀，花椒精呀，还有啥子花椒香精、花椒化妆品、花椒药品……哎呀，名堂多得很，我还背不完全，哈哈，这科学硬是厉害。再多的花椒它都'吃'得下去，屙出来的全是花花绿绿的钞票。"

"你呀，杨大哥吔，杨书记他们莽起动员大家种花椒，没得点'后手'撑起，你就是吃雷的胆子也不敢干的吧！"

"我……我……我……"

"哈哈，又故意 200 文钱数不清了吧？"

"哈哈哈哈，哈哈哈。"我们笑在了一起。开心，爽朗。

红旗漫卷西风

　　东西，这个普通得不能再普通的词在先锋，尤其对先锋花椒而言，却是有着别样的意蕴，非深入者不谙其意蕴。这里的东，是说鹤山坪的东面坡。这里的西，是说金沙寨的西面坡。这两面山坡上各自都栽种着漫坡的花椒。山风吹来，椒林"哗哗哗，哗哗哗"，仿佛两面迎风招展的旗帜，彰显着共产党人矢志不渝，不畏艰难险阻，带领群众脱贫致富，振兴乡村，走农业产业化道路的坚强意志和坚定决心。因为他们硬是在毒蛇漫坡爬，毒蜂逞疯狂，吸血旱蚂蟥静悄悄，毒蚊嗡嗡叫，令人望而生畏，谈之色变的地方，在历来被人们认为"这种地方你都能种活庄稼，借你三个胆子也不敢"的山坡，大面积栽种花椒树成功。

　　20世纪90年代初，我和友人一起去过金沙寨。年轻气盛的我没有在意友人的警告，偏偏要从西面上山，并且领口袖口以及裤脚都没扎紧。"哪里有那么恐怖哟，你莫说些来骇我哟！"

　　"明知山有虎，偏向虎山行！"我另一朋友更牛，连长袖衬衫也不穿，短袖 T 恤，西式短裤，塑料凉鞋打扮。

一人高的丝茅草，夹杂其中的刺笆笼，弄得我那朋友没走几步就进退不得，丝茅草、刺笆笼划得他两腿双臂左一道口子右一道血痕。这下子好了，毒蚊子、毒蚂蚁、旱蚂蟥是嗅得到血腥味儿的，还有毒山蜂在头上盘旋，"嗡嗡嗡"着令人浑身都起鸡皮疙瘩。向导说还有毒蛇不知道在哪儿"守株待兔"，或者"巡游四方"找寻攻击目标，直把我们一行四人吓得不寒而栗！

至此我才相信在江津这块寸土寸金，哪怕只要能种一窝菜、栽一棵树都给做尽了的地方，居然还有数千亩的土地荒着，任毒蛇、毒蚂蚁、毒蜘蛛、毒蚂蟥肆无忌惮地自由自在着，是有它一定的道理的。

所谓道理，一则是这里坡度太大、太陡峭，二则这里的风大，又当西晒。破碎石头一遇山洪满坡滚落，滚落剩下的还是碎石头，没有一点保水性。

也还真的有不信邪的人。一个相信"世上无难事，只要肯攀登"的人，一个决心"杀出一条血路来"的人，一个"喊破嗓子不如干出样子"的人，一个叫作余泳海的人，时任先锋区党委书记的人，一个把"害怕困难要我们共产党人干什么"叫得山响的人。

如果我们在这里栽种花椒成功了，那对我们全镇干部群众将会是多大的震动啊！在我们先锋区还有比这里自然条件更差更恶劣的吗？没有了，没有了。在这里取得的成功经验不就更具说服力吗？不就更具推广性了吗？

既然如此，干！为什么不干？

那是 1995 年，他刚从市农业办公室主任岗位调来先锋不久。

余泳海，这个出身农家，吃过苦受过难的汉子深知民生之维艰。"泳海"，寄托着家人无限希望，敢于战狂风斗恶浪而畅游大海的男人，其气魄与胆识、力量与意志都不可小觑，非一般平庸之辈敢于望其项背。此番由市农办主任调任一个镇的镇委书记，难免令一些人疑惑，甚至有好事者议论纷纷。在任市农办主任之前，他就曾任职于一个镇呀。

是另有玄机？还是……

1980年时任高牙公社书记的辜文兴慧眼识珠，拂去浮尘与黄土，发现"花椒"原来竟是一颗能让广大社员群众发家致富的"宝珠"。宝珠出山来，闻风而动的先锋区委便大力推广之。一任又一任的先锋区委带领群众经过10余年的艰苦努力，花椒在先锋逐渐地被培育成了一个产业。到1991年，国家林业和草原局将先锋列入"全国重点花椒基地"。种植面积达到2000亩。到了1993年底，先锋区花椒种植面积更是达到4000亩，靠花椒收入一项就达万元的农户有10户，5000元的农户超过100户，骄人的成绩引起了重庆市及兄弟省市的关注，先锋花椒逐渐有了些名气。1994年广西壮族自治区就组织了10多名区县长前来先锋参观考察，并且特意购买了4吨花椒回去，试吃试用，进行化验分析，并且试播试种。到了1995年8月，时任重庆市委常委、市农委主任的辜文兴和市政府副市长周建中等来江津考察花椒生产，并决定由市政府拨专款支持江津花椒基地建设。……这一切既是鞭策又是鼓舞，而彻底改变"三农"现状，带领广大农民群众更好更快地增收致富，彻底改变贫穷落后面貌的当代共产党人的使命和责任都迫切需要迅速扩大花椒种植面积，加强先锋花椒基地建设。

这副重担就历史性地落到了余泳海这位长期担任党在农村基层组织的领导工作，知农懂农重农，和农民有深厚情感，有丰富工作经验而后又在市农办工作岗位上工作，对江津农业层面上的情况也相当熟悉了解的共产党员身上。于是，他就成了带领6万先锋人民加强花椒基地建设，加快花椒产业发展的不二人选。天降大任于斯人也。他抖擞精神，走上先锋镇党委书记的岗位。

先锋，尽管和他的家乡沙埂山水相连、鸡犬之声相闻，可余泳海还是用了一个多月的时间走村串户，翻山越岭，把全区的山形水势、人文环境、自然风貌烂熟于心。双目一闭，浮现在眉宇间的"电影"展现个八九不离十。

最后选定金沙寨西面坡下手。之所以选择自然条件极为恶劣的金沙寨西面坡下手，倒不是为了显示余泳海战毒蛇斗恶蜂，不怕日头晒，不怕风雨狂的"个人英雄主义"，一向自诩"油黑人不上粉"的余泳海对那些"花样子"向来不感兴趣。因为这些统统都换不来老百姓所急需的真金白银、红苕大米。

选择金沙寨西面坡下手，只是因为可以较少地惊动老百姓。先锋大面积推广花椒种植已经十几年了，仍然发展缓慢，步履维艰。主要是广大农民群众仍然顾虑重重，彷徨观望的多。作为党的基层组织，还得模范地贯彻执行党的政策，尊重农民的自主权。在他们的责任田里、承包地上，种什么不种什么，农民享有充分的自主权。

要说服农民朋友在个人的承包地上种植花椒，尽管那只是田边土壁、荒山陡坡上，也不是轻而易举的事情。

长时间的农村工作，长年累月地和农民朋友打交道，余泳海倒是积累了不少的经验。可是正如"太阳每天都是新的"一样，社会问题也层出不穷，每天都有新情况新问题出现，不以人们的意志为转移。

"开发金沙寨西面坡"，是余泳海思虑多日，又和镇党委政府领导班子同志反复商议，集思广益后得出的成果。既能达到有效扩大花椒种植面积的目标，又能成为教育和启发群众的良好典范：一是世上无难事，只要肯登攀，只要不畏难，不怕艰，尊重科学，苦干实干巧干，就没有什么可以阻挡我们前进的步伐；二是金沙寨西面坡都能种活种好花椒，并且稳产高产，可见这花椒适应性好，生命力强。

决心一下，说干就干。拖泥带水、稀松疲沓不是余泳海的性格，时代的紧迫感和让先锋人尽快脱贫致富的责任感都不允许余泳海他们慢慢腾腾，议而不决，决而不行。

上级领导不就是看中了这个中年汉子不尚空谈、做事踏实、讲求实效、雷厉风行的工作作风，才将带领一个大镇6万群众脱贫致富的重担交给他的吗？

善决策，重执行，能成事，独当一面，历来是对一方大员的基本素质要求。

金沙寨西面坡不就是坡陡石头多吗？不就是大石头夹杂着小石头碎石头吗？不就是风吹石头跑，滴水存不了吗？不就是……那又怎么样呢？大寨人既然能战虎头山狼窝掌，先锋党委政府及机关干部们就战胜不了金沙寨西面坡？不可能的事儿！

全体机关干部上！义务劳动，分片包干。镇党政领导比一般机关干部多百分之二十。什么丝茅草、刺笆笼还强硬得过刀斧锄铲这些铁家伙？什么蚂蟥、蚂蚁、蛇虫之类没有了丝茅草、刺笆笼的庇护，便没了生存之所，逃之夭夭。大石头正好用来砌成坑围子，十字镐、钢钎、铁锤齐上阵，硬生生弄出一个个标准化的石头坑，远处运来泥土，买来花椒秧苗栽了进去。各自栽种的，各自加强管理，保证成活。

先锋百姓惊呆了！

开天辟地以来，当地百姓还真没有见过"当官的"这样子干过。这山坡荒了千百年了，还从来没有这么热闹过。

震裂的虎口，皲裂的脚掌和后跟还有给丝茅草、刺笆笼划拉成布条的裤管衣袖，述说着余泳海和他的同事们对党的事业的忠诚、对先锋人民满腔的赤子情怀和脱贫致富路上一个不落的信心和决心。

27

不久之后，当时的江津市委书记视察了那500多亩长势喜人、郁郁葱葱的金沙寨西面坡的花椒林，难掩激动的心情，赞不绝口。"干得不错，太让人震撼了。简直令人难以置信！"

没有比较就没有"伤害"。转过一个山嘴就是别人的地片，那里"山河依旧"。两相比较，就不可同日而语了啰。领导们十分感慨。

千万别以为真的如文人们妙笔生花所说的"一花引来万花开"，没那样的事。农村工作的艰巨性和复杂性远远超出一般人的想象。诚然，镇机关工作人员大战金沙寨西面坡的实际行动震撼了先锋6万群众的心灵，也确实有不少持怀疑、观望态度的村民跟了上来。但感动归感动，我自岿然不动，仍有相当一部分村民因为种种原因而按兵不动。在中国农村，自然没有某些人理想中的一蹴而就的事情，半辈子的农村工作经历，半辈子和农民打交道的余泳海从来就没有过那种不切实际的"奢望"。大战金沙寨西面坡变荒山为椒林，只是他的组合拳之一。即所谓的一计不成再生一计。办法总比困难多：动员全镇党政机关干部，以及全镇企业事业单位职工捐款，购买花椒秧苗，组织26个工作组，分赴26个花椒栽种重点片区，和当地村民一起栽种花椒。当然，26个工作组的成员全是义务劳动。种下还不算数，还得保证成活，凡没栽活的，重栽。一直到栽活为止，才算完成使命。栽活后的花椒移交给椒农管理、收获。机关干部和企事业单位职工享受的是椒农脱贫致富后的满足和快乐，真正地后天下之乐而乐。试问：普天下何曾有过这样的"炆和"可拣？

拳拳赤子之心惊天地泣鬼神！完全彻底地为人民服务在这里得到最好的诠释，"不忘初心，牢记使命"的誓言在这里发出最强音。

余泳海的努力并没有到此结束。趁热打铁，镇党委政府研究决定，从本已十分紧张的镇财政收入中挤出资金，购买花椒秧苗13万株，无偿赠给愿意种植花椒的椒农栽种。

咬定青山不放松，

立根原在破岩中。

千磨万击还坚劲，

任尔东西南北风。

一首郑板桥的诗歌回荡在耳边，迈着"非得要让先锋百姓脱贫致富奔小康不可"的坚定步伐，余泳海激情洋溢坚持不懈，久久为功。不信春风唤不回，不信3万亩的先锋花椒基地建不成！用句老农的自我调侃来说："我都是个犟拐拐，偏偏就遇上了个余泳海这样的拐拐犟。你硬是犟他不赢，只好认输！"原本的抵触户，终成了种椒大户，一年收入近20万，差点儿睡着都笑醒。

就在1996年，果园村5社由过去的全镇有名的贷款大社摆脱了多年的贫困桎梏，走上了致富路。全社62户人家花椒年收入在5000元以上的就有23户。全社人均花椒收入超过1400元，个人存款超过50万元，一跃成为存款大社。

1997年底，先锋镇建成了以绣庄、果园、青草、津丰为中心的四大花椒园区，花椒种植面积达到13920亩。而到了1998年4月，先锋花椒种植面积达到15000亩。形成了年产30万公斤干花椒、年外销花椒种苗500多万株的花椒基地。仅花椒一项，年收入就达650万元。到了1998年底，先锋花椒基地已达2万余亩，年产干花椒35万公斤，总收入达到1180万元。

只是此时的余泳海已不在先锋镇工作了。1998年5月，为了适应江津花椒产业发展的需要，江津市委重新将余泳海这个在先锋花椒基地建设中的干将调回到市农办主任的岗位，把先锋花椒基地建设的经验推广到全市所有适宜种植花椒的镇街，尤其是几江、龙门、夹滩等六个花椒重点发展镇街。

叫我如何不想他

是的，叫我如何不想他。

这与风花雪月无关。

他是条汉子。我也是个长胡子的人。

我认识他，他却不认识我。我想他，纯属剃头挑子一头热，并且这种想念一发而不可收。再者，我斗胆地估计，想念他的不是一个两个三个。究竟多少呢？不好说。就来个模糊吧——无数。

他是谁呀？何方神圣？有些什么样的魅力？

暂且按下不表。

先来看看下面的一组数据吧。时下不是流行"以数据说话"吗？咱们也时尚一把吧：

2016 年，江津花椒种植面积 50 万亩，产花椒 20.5 万吨，产值达 26.5 亿元。全区种椒农户 22 万，61 万椒农从事花椒产业，分别占全市农户和农民总数的 58% 和 56%，全市有花椒加工企业 26 家，每年向江津周边地区甚至川黔地区群众提供季节性务工岗位 16 万个。花椒营销经济人和从业人员 8000 多人，实现劳务收入 2 个亿。花椒产业已经成为促进江津区实现农业产业化，促进乡村振兴，帮助农民脱贫致富奔小康的支柱产业。

江津花椒创造了9个"全国之最"①：

一是种植规模最大：江津花椒种植面积50万亩，占重庆市花椒种植面积的62.5%（全市种植面积80万亩），比陕西韩城的24万亩、山东莱芜的15万亩高出1.08倍和2.33倍，成为全国最大的花椒生产基地。

二是从业人数最多：江津花椒产业涉及全区25个镇（街）、186个村，全区种椒农户22万，占总农户的58%；有61万农民从事花椒产业，占全区农民的56%。已有花椒种植面积100亩以上的大户300家，加工企业26家，每年向地方和周边群众提供季节性务工岗位16万个以上、营销经纪人和从业人员8000多人，实现劳务收入近2个亿。

三是增收效果最佳：2011年，全区鲜花椒产量达13.6万吨，产值15亿元，核心种植区农民年花椒收入达到家庭总收入的60%以上。花椒产业已成为近10年来江津农民得实惠最大、最多的产业，成为江津和重庆农村经济发展的最大亮点。

四是花椒品牌最响：1996年，江津花椒基地被重庆纳入"重庆市十大商品经济基地"。2004年，江津被国家林业和草原局命名为"中国花椒之乡"，被国家标准化管理委员会评为"九叶青花椒标准化示范区"，"九叶青花椒丰产栽培标准化示范项目"被国家林业和草原局列入"全国林业标准化栽培示范项目"。2005年，"江津花椒"被国家市场监督管理总局授予"地理标志保护产品"。以花椒为原料开发的精深加工产品更是将

---

① 封林：《麻遍全国　香飘世界——江津花椒资料汇编》，2017年，第23—25页。

江津花椒推向了广阔的国际国内市场，其中：保鲜花椒、鲜花椒油、微囊花椒粉等先后获得"中国名牌农产品""重庆市消费者最喜爱产品""中国西部农产品交易会最受消费者喜爱新产品""中国川菜调味品十大知名品牌""中国川菜调味品金奖"，第三、四届"中国国际农产品畅销产品"和"重庆市2007年度消费者满意商品"称号。

五是产品品质最优：江津独特的小区气候，使江津花椒比国内其他地区的花椒提前20~30天上市，市场优势明显。江津花椒现有品种九叶青，是对原有花椒品种进行优选，经多次提纯复壮选育的优良品种，具有适应性强、产量高、品质好、椒香浓郁、麻味醇正、含油率高、药效显著、经济价值高等特点，是不可多得的优质花椒品种。经西南大学检测，江津花椒含有人体所需的多种微量元素和人体不能合成的必需脂肪酸等营养物质，香精和油含量也高于一般花椒。据中国科学院地化所试验结果表明，江津花椒的香味高于"大红袍"花椒。1998年，美籍华人汤玛斯·查理致《江津报》的一封信中说道："得幸能有缘品尝到贵地的'九叶青'花椒，其椒香味浓，实属罕见，吾久居美国，亦从未见过如此上等香料，堪称人间极品。"[1]

六是科技含量最高：2002年和2005年，花椒深加工项目先后两次被科技部列入"863"计划。2005年，科技部和财政部将江津列为全国首批"科技富民强县专项行动"县（市）之一，花椒精深加工作为项目载体；江津九叶青花椒丰产栽培种植技术获"重庆市林业科技贡献一等奖"。2006年，江津九叶青花椒标准化丰产栽培技术通过国家林业和草原局验收。江津

---

①封林：《麻遍全国　香飘世界——江津花椒资料汇编》，2017年，第506页。

花椒获得包括超临界二氧化碳法提取花椒精、微囊花椒粉、α-亚麻酸粉、鲜青花椒油产品生产工艺等在内的 6 项国家专利。保鲜花椒、微囊花椒粉、花椒籽油和花椒精通过科技成果鉴定，填补了国内同类产品空白，拥有"重庆市重点新产品"6个、"重庆市高新技术产品"6 个。

七是综合效益最好：由于花椒是四季常绿植物，绿化荒山荒坡和保持水土的效果明显，被国家列入生态林树。全区 50 万亩花椒中，实施退耕还林的面积 13.8 万亩。花椒种植 70% 以上是利用荒山、瘠地，种植花椒投资少、见效快、效益高，绿化环境，保持水土，是实施退耕还林最稳定的产业，也是最受广大农民欢迎的产业。江津花椒首创了全国退耕还林兼用林的经验，受到国家林业和草原局的充分肯定并在全国推广。

八是产业链最长：江津花椒果皮除作调味品外，还可用来加工多种日用化工产品和医疗保健品等，可开发生产香皂、沐浴液、清新剂、杀虫剂等日化用品。依托龙头企业开发了保鲜花椒、微囊花椒粉、鲜花椒油、花椒籽油、花椒精、花椒芳香精油、花椒麻精、花椒调味液、花椒香水、花椒祛痘乳、花椒洗脚液等四大系列 20 多个品种，大大拓宽了消费领域，带动了二、三产业的发展。

九是市场前景最广：据中国调味品工业协会调查分析，花椒的消费量以每年 5%~10% 的速度增长，花椒加工制品的需求量以每年 20% 的速度递增。自 2003 年起，全国的花椒消耗量以每年 12% 的速度增长。随着人们饮食的变化，红椒已基本处于饱和状态，对青椒的需求却大幅度上升，预计年增长幅度在 15% 左右。东南亚、美国以及欧盟各国对花椒的消费需求也不断增加，国际市场潜力很大。近年来，江津通过举办花椒产业高峰论坛、召开花椒贸洽会等方式，花椒系列产品占领了西南市场，畅销全国 20 多个省市，出口日本、美国和东南亚。

江津花椒有今天的辉煌成就，和他不无关系。

而他却十分谦虚地实话实说："党组织把我放到了那个位置上，我只是做了些那个职位上应该做的事情。换作谁都会那么做的，甚至比我做得更好。这就叫作忠于职守，在其位谋其政吧。或者说：为官一任，造福一方。我可是一位共产党员啊。'为人民谋幸福'是我们共产党人的初心和使命，一切工作的出发点和落脚点和归宿。"

他，出生于刁家乡的邻居大哥，说话幽默风趣诙谐生动，决策深思熟虑，干事雷厉风行干脆果断。

他，就是辜文兴，曾经的高牙乡党委书记，江津县委书记，重庆市委常委、重庆市农委主任。

任何的历史人物和历史事件都只有摆放在当时的时代背景下、历史环境中去考察才有意义。人的正确思想从哪里来？只有从实践斗争中来，而任何的实践都受当时时代环境的制约和局限。

那么1980年是什么样的年份呢？人们常把1978年秋冬之际的党的十一届三中全会的召开，当作改革开放的标志性事件。于是自然而然地就把1978年叫作改革开放元年，而把1980年当作了农村实行"家庭联产承包责任制"的元年。而辜文兴调任高牙公社党委书记是在1980年1月。农村普遍实施"家庭联产承包责任制"还是稍后几个月的事情。

自嘲说"我也是红苕屎都没有屙干净"的"农二哥"的辜文兴真还没有坐机关的习惯。再说，设在一个破庙里的公社机关也真没什么好坐的，还是到各生产队、生产大队去走走看看，和农民弟兄吹吹聊聊快活带劲。当他来到社办企业花果山林场调研时，还没有进林果场就远远地闻到随山风飘来的熟悉的椒花香。一种急切、一种兴奋、一种好奇之情便油然而生，这么浓郁、这么强劲的椒香，该是多大一片椒林才能有的啊！这是怎么一回事呢？从老祖辈的言谈中、从儿时的记忆里他就只知道，花椒是不成林的，最多时有个三五株栽种在一起就是大规模了。院坝边、房舍旁东栽一棵西种一棵就不错了，仿如狗屎，东一坨西一点，所以叫作狗屎椒。谁见过狗屎成堆的？

花果山林场的场长古咸泽 1973 年 3 月从贵州金沙县买回了七株花椒苗开始在村果园试种。经过几年的发展，已经有三五千株的规模。辜文兴仔细观看了这片花椒林的长势，询问了株产、单价等情况，又仔细咀嚼品尝花椒的味道，观看了花椒颗粒的颜色、大小、重量，等等。

"比种其他水果干果的效益还是要好得多。"

种花椒效益好，这是肯定的。这个辜文兴有实践经验。还便于管理，不费工。一般过了年才开始去疏果、剪剪枝、整整形、上点肥呀什么的。端午节左右去收摘就可以了。之后除了施点底肥，修剪一下枝条，之外就无需多劳神费力了。最多为防病虫害，弄点石灰水之类刷刷树干就行了。不像种红苕种高粱种玉米，事情多得很，费不尽的劳力淘不完的神，还卖不了几个钱。

土地实行联产承包责任制，农民打下的粮食填饱肚子是没有问题的。可就是称盐打油的钱、孩子上学的钱、大人娃儿生疮害病的花费、走个人户的人情钱、扯段布做件衣服做双鞋的钱没有着落。一个农家户，一年这样钱、那样钱需要不老少。"眉毛都焦起蚕蛋了。"没有农家不为零花钱焦虑的。急需要花钱，又没有来源的情况下，好些农家只有卖粮食。你也卖，我也卖，价格低不说，粮食都卖了又吃什么呢？并且，如果是劳动力弱了，即使有粮食卖，从家里把粮食搬运到市场上去卖都是个问题。一百斤红苕能卖几个钱？谁来挑？十斤二十斤米又值多少钱？老弱病残孕家庭，谁来背到市场去？

农家之苦，切肤之痛，辜文兴看得太多太多，体会太深太深，感同身受。

能不能为农民找到一条赚钱的路子，缓解一下老百姓的疾苦？他没敢奢想"摆脱"，能缓解一下就是相当不错的了。"一分钱难死一条汉子"，这句话绝对不是说说而已，而是千真万确的现实。他有好多小学、初中的同学就因为交不起学杂费而辍学。而学杂费是多少呢？小学一学期才两三元钱，初中最多才十几元钱。有的家庭，就仅仅因为每天交不出一分两分的蒸饭钱而让孩子辍学了。他见得还少吗？

回想自己的求学之路，不也是花椒帮了大忙吗？甚至可以说花椒铺垫了他的求学之路。学校蒸饭钱，买纸笔墨砚钱，甚至交学费的钱都来自家里那几株花椒树。那是母亲结婚时娘家的"嫁妆"。刁家乡一带的婚嫁习俗：女儿出嫁，花椒秧是必备的陪嫁之物。有了这几株花椒秧苗开花结果，婚后家庭称盐打油和针头线脑的钱就有了着落。父母为了家里几个儿女的上学，即使是在国民经济最困难的那三年，也没有砍掉花椒树，反而是趁别人毁椒改种别的作物的时候又去向邻里要了几株栽在进出院坝的路旁。尽管这给人进出家门带来了些不便，但是为了子女读书的花销，也就只有克服了。要是没有花椒，他能上大学？不可想象，太不可想象了。

人，从来就没有无缘无故的爱，自然也没有无缘无故的恨。辜文兴见到这林果场成片椒林而一往情深，兴趣盎然，却原来和他个人的人生经历有着千丝万缕的联系。

"不错。不错。你独辟蹊径的独创精神值得肯定。公社办企业，就是要赚钱的嘛。哪样能赚钱就种哪样。小平同志不是教导我们大胆地试、大胆地闯吗？"

随后，辜文兴调研了一下大桥公社、麻柳公社的社队企业引种花椒的情况，甚至了解了先锋公社果园大队马昭君和白溪公社义安大队义安小队马昭军种植花椒的情况，准备下一盘"大棋"——在全高牙公社范围内推广花果山林场的经验，号召农户种植花椒，让全公社社员彻底摆脱"挣钱难""找不到哪条黄瓜做得种"的困惑，实现脱贫脱困。

他必须十分小心谨慎。他必须如老父亲教诲的那样"穿钉鞋，拄拐棍，把稳了又把稳"。农民，已经够贫困够艰难的了，再也经受不起折腾。他多处调研，反复论证。在公社党委理论联班子内部，一次又一次地讨论，并且吸收部分大队支部书记、主任和普通社员参加，集思广益。

1980年秋天，辜文兴又到花果山林场专题调研。林果园的花椒丰收，卖了个好价钱的实践支撑了他最后的决心：

全高牙公社范围内推广种植花椒，形成一定的规模，做成一个花椒产业，让农民真正地从贫穷拮据的桎梏中走出来。这需要多大的勇气、多大的担当啊！

胆识，这是一个政治学的名词，同时在这里它又具有经济学上的意义。

要干是肯定的，社会主义等不来。干什么？怎么干？

花椒。

是个东西。"可是这个东西太小了些。吹破天，它也只是个调味品而已。在肚子尚且填不饱的当下，可有可无。有它不多，无它不少。""要选，也应该选一个大的有发展前途的产品。"

或许是知识分子的通病：引经据典，像开中药铺似的，将花椒的功用一一写到铺陈。不查不要紧，一查它还是个宝贝疙瘩，"有书为证"的功效作用之类呼呼啦啦十几二十项。譬如说药用价值，譬如说卫生保健价值，譬如说香料价值，譬如说病虫害防治价值等，哪一样深入研究、着力开发都展现出无比光辉的前景。

就是它了。

全国科学技术大会开了。科学技术是第一生产力。随着科学技术的发展，花椒的潜力将会得到充分的挖掘。

向生产的深度和广度进军。辜文兴对花椒的开发前景充满了信心。

有识的支撑，胆就有了依据，胆就不会成为无源的水、无根之木，就充实、踏实、扎实，才能不虚。

胆和识，相互依存，相互支撑。

干！

干之前的坐而论道是必然也是必须。

干，是坐而论道之后的必然，也是必须。

其实，在决定推广种植花椒之前进行调查研究和理论分析的时候，还有一个因素的考虑是有必要强调的。无论从事农业生产的哪一个品种门类，与工厂产品的生产相比较都有一个显著的区别：工厂产品的发展只受市场因素的影响，受它的调节。而农业生产发展不仅受市场调节的影响，更受自然因素的限制和影响。换句话说，农业生产发展的影响多受一重自然因素的风险。

经过反复比较，花椒以其耐旱、耐贫瘠，较少病虫害，管理比较粗放而更适合高牙、先锋乃至整个江津的环境特点一些。因地制宜，这是农业生产必须遵循的不二法则和基本保证。

后来人们赞扬辜文兴慧眼独具，看得准，抓得实。其实他们不晓得，四川省农业科学院就在川师旁边，院党委罗书记就是我们江津老乡。他的老家就在石蟆，他的兄弟罗仲平就在聚奎中学当校长。请他帮忙论证，他找来相关农业专家，充分论证了在江津推广花椒种植的可行性、可靠性以及发展前景等。西南农学院还有辜文兴的一大帮子同学，他向他们请教，让他们参谋。这就是乡下人常说的"背不成时么请教一下隔壁户""借力打力不费力""一个人是死人，两个人是活人，三个人就成了仙人了"这些农家谚语，辜文兴头脑中装得多的是。他的可贵之处在于：身体力行，而不是如某些人那样只是操练嘴皮子。

次年，时任先锋区委书记的刘世誉和区长郑汉臣也受辜文兴在高牙公社推广种植花椒的启迪，经过认真的调查研究，周密的安排部署，在先锋公社试点。开始动员社员扩大花椒种植，促进农民增加经济收入。

1983年，辜文兴调任江津县委书记。

这在江津政坛是一个震动。三年，仅仅是三年，仅仅是一个公社书记，在中国官场来说只是一个最最小的"官"——股长，一下子就跨越副科、正科、副处三大关口，直接升任正处，并且是主持工作的一把手。别的且不论，至少上级领导和组织部门对他这三年的工作成绩是给予了充分的肯定和褒奖的。

这是一个宣示。对于那些怀疑甚至指责辜文兴在高牙提倡推广"凡有条件的各农户都种植花椒增加农民个人经济收入"是否正确、是否可行，甚至"别看他今天跳得高，就看他秋后拉清单"的人来说，不得不警醒，不得不重新思考了。

时至今日，40年后的今天在江津椒乡行走，即便是大字不识一箩的大爷大娘，都能如数家珍般地和你聊起当年辜文兴带领大家种花椒的龙门阵。对他的过人胆识，对他认准方向即使是要撞南墙也不回头的倔强，以及顽强的意志赞不绝口。同时也没有忘记那位姓刘的书记。尽管这个人连笔记都不会记，是个仅靠记忆传达上级指示和文件精神的双脚沾满泥巴的泥脚杆干部，却是辜文兴书记最好的帮手和最踏实、最能干的拥趸。辜书记在，他协助工作；辜书记出差了，或者是去党校学习了，他就责无旁贷地顶上来，照着辜书记的指示，狠抓落实。

"万事起头难。"

这是流传最广的民谚，也是客观事物的真实写照、颠扑不破的真理。江津椒农们没有忘记辜文兴这个"江津花椒"的开拓者和领路人。"叫我如何不想他"不是调侃，也不是玩笑，而是人们内心真实情感的表达。自 1992 年 8 月他调离江津之后，久了不见他的身影，没有他的消息，还真的有点不习惯。心中有点空落落的，不那么踏实。这是一种朴素的情感。用椒农们的话说，这叫作"良心"。吃水不忘挖井人的良心，知恩图报的实意真情。

既然农民能够通过花椒种植的诚实辛勤劳动，增加收入，逐渐摆脱贫困的桎梏，手中渐渐宽裕起来，过上更好的日子，为什么不大力提倡，在更大的范围内推广开来呢？在江津县委书记岗位近 10 年的时间里，辜文兴不遗余力地"扭住花椒"不放，在全县范围内大力推广、普及，让凡是有条件的镇、街、村、社、家庭都种植花椒。

在辜文兴调离江津的前一年（即 1991 年），他精心培育的江津花椒示范基地中的先锋区基地就荣获国家林业和草原局颁发的"全国重点花椒基地"的金字招牌。这是对先锋花椒基地的最大褒奖和鼓励，更是对先锋花椒产业的最大肯定，成绩令人欢欣鼓舞。从此，先锋花椒就成了大家学习的示范和标杆。先锋区当年就增种花椒 2000 亩。而到了辜文兴调离江津的前夕，即 1992 年 8 月，先锋区的花椒种植面积增加到 4000亩。花椒收入上万元的种植户达 10 户，达 5000 元的有 100 户。

1992 年 8 月，辜文兴调任重庆市委常委、市农委主任，进入重庆市核心领导班子，担任更加重要的工作。

它昭示着什么呢？又说明了什么呢？坊间总有那么一些好事者，就爱议论官员升迁贬谪之类的问题。

从我们党历来就十分强调和重视在斗争一线考察识别干部，挑选培养接班人的优良传统来看，上级组织对辜文兴在江津的实际工作是十分肯定和高度评价的。于是才把他安排到更加重要的工作岗位，让他把全重庆的农业农村工作抓起来。

1995年8月，辜文兴陪副市长来江津考察花椒生产，决定由市政府拨专款支持江津花椒基地建设。

1996年3月，由市委办公室和先锋镇党委书记余泳海、镇长李福生一起审定先锋花椒基地规划蓝图。

1996年4月，为先锋镇题写"花椒之乡"和"重庆市花椒基地"牌匾。

1996年7月，冒雨考察先锋花椒基地。指出：要把花椒生产作为加快江津区农村经济发展的支柱产业、优势产业来抓，尽快发货让江津花椒"麻"遍全国。

1999年11月1日，时任重庆市委常委、万州区委书记的辜文兴在报纸上撰文《为江津花椒生产大发展叫好》，指出："建议家乡把花椒作为农村经济的一大支柱来抓，进一步扩大面积，科学种植，提高质量，占领更广阔的市场，成为江津一大特色产业。愿江津区花椒和广柑一样，声名远播，香飘神州大地。"

…………

辜文兴已经离开工作岗位多年，回归到普通百姓的生活状态，仿佛邻居大爷，含饴弄孙，安闲度日。然而，坊间依旧流传着他的故事。

一个人只要对社会产生了足够的价值，这样的故事便可以是任何人。也正因为有这些故事的存在，我们的世界才如此阳光可爱，譬如辜文兴。

许久不见，依然想念。

我们在以后的叙述中还将涉及辜文兴对江津花椒产业的关

心和支持。

自 1983 年以来，迄今已三十七八年，江津花椒筚路蓝缕，披荆斩棘，表现出极其顽强的生命力和成长性。从最初的零星小面积栽种的"星星之火"迅速扩展到全国八百万亩的"燎原烈火"。一个国家林业和草原局的负责同志更是对江津花椒，尤其是先锋花椒在全国各地的影响给予高度评价：全国八百余万亩青花椒，百分之八十以上都和先锋有着或多或少的联系。《重庆日报》评论说：江津花椒是我市最大最成功的扶贫产业。江津花椒在全国创造了"九个最"：一、从业人员最多。二、农民增收效果最好。三、花椒品牌最响。四、种植规模最大。五、产品质量最优。六、科技含量最高。七、综合效益最好。八、产业链最长。九、市场前景最广。

全国 20 多个省、自治区、直辖市的上万名朋友来江津考察花椒产业，学习江津花椒产业发展的经验，引种江津花椒。普遍认为江津占全了发展花椒产业的"天时地利人和"条件，不成功都不行。对一个农作物而言，所谓天时即是适合这个作物生长的气候条件。这里不必赘述。作为产业而言，则是要有适合这个产业发展的时代条件。党的十一届三中全会以后，尤其是农村实行家庭联产承包责任制以后，生产力得到极大解放，广大群众的生产积极性空前高涨，急切需要找到一个能够依靠自身的努力摆脱贫困，实现发家致富的着力点。以辜文兴为首的高牙公社党委，找到了"发展花椒生产"这个着力点，引导农民通过发展花椒生产，实现脱贫致富。后来中央提出：农业生产推行"集约化产业化"方针，提高农业生产效能，加快农业发展。以辜文兴为首的原江津县委又不失时机地推进江津花椒走产业化发展的道路。当中央提出对 20 度以上的坡耕地实施"退耕还林"政策，以余泳海、杨兴泉为首的先锋镇党委政府积极带领群众大战鹤山坪东面坡，实施万亩花椒基地建设项目。党的十八大提出：决战决胜脱贫攻坚，二〇二〇年实现全面小康的奋斗目标。花椒又当仁不让地成为江津"扶贫产业"。用句江津人的土话说：江津花椒硬是生逢其时，步步都踩在了时代的"鼓点"上，硬是"运气来了，挡都挡不住"。

走笔至此我突然想起一句话：机遇只垂青有准备的人。

至于地利，江津处于四川盆地和云贵高原大娄山北麓的交界地区的皱褶里。丘陵和山地夹杂，地块破碎且贫瘠，保水性还特差。种植别的庄稼，不仅耕种管理都十分不便，产量还低，有些年头甚至根本没有收成。譬如在夹滩、永丰、金泉等乡的山坡地种高粱，每亩能够收获两三百斤就不错得很了。而"腾笼换鸟"改种青花椒，亩产千来斤，甚至一千三四百斤。高粱一斤两元多，青花椒一斤四五元。青花椒一种十几年才换种。高粱年年都新种。青花椒就偏偏有耐干旱耐贫瘠的特性。在这些山坡地上种花椒才真的叫作"因地制宜"呢。

一方水土出产一方物产。农家子弟出身的辜文兴们深谙种田之诀窍。在江津的山坡地推广花椒种植，又整对了。

至于人和，由于选准了具体的发展项目，这一点特别特别要紧。我们相当多的党的基层领导也急农民所急，想农民所想，想帮助农民摆脱贫困，致富奔小康。心血没有少费，汗水没有少流，苦头也没少吃。可是就因为所选择的具体项目没有真正地"因地制宜"或者其他原因而最终导致项目失败，挫伤了农民群众的积极性，同时也伤害到自己在农民群众心目中的形象，以及党的基层组织和地方政府的信誉。辜文兴在充分调查研究的基础上，充分尊重群众的首创精神，因势利导，在高牙公社取得成功之后，再向先锋区、原江津县逐渐推广开来，稳扎稳打，步步为营，取得良好的经济效益和社会效益以及生态效益，自然就受到广大群众的欢迎，得到广大农村基层干部的支持和上级领导的肯定与赞赏以及各相关部门的配合与支持。

在江津花椒产业发展的过程中，辜文兴充分展示出他高超的领导艺术，尤其是决策力和执行力上的功夫令人叹服。这在江津花椒产业的初创时期起到至关重要的作用。万事开头难啊！头开好了，就为这产业以后的发展、腾飞奠定了坚实基础。

更为难得的是辜文兴在原江津县委书记任上，有近10年的时间。这就为他持续关注江津的花椒产业发展，做大做强江津花椒产业提供了重要支撑。就这个意义来说，这是江津花椒产业之幸，60余万椒农之幸。

再后来，辜文兴调任重庆市委常委、重庆市农委主任，这使得他又从更高层级、更大范围关注和支持江津的花椒产业了。江津毕竟是重庆所辖的一个区，关注和支持江津区的包括花椒产业在内的各项事业的发展，实在是他的职责所系。

每当我行走在椒乡之路上，看到漫山遍野的花椒林，听到椒农们在林间劳动时的欢笑声、山歌声，就会不由自主地想起辜文兴。

每临大事有静气

　　李德良，之所以进入笔者的视野，当然是因为他与江津花椒产业发展的关系。

　　1995年7月，不到39岁的仁沱区委书记李德良在江津市党的代表大会上当选为市委委员、常委、政法委书记，并分管农业和农村工作。李德良是谁？何方神圣？一贯埋头苦干，不事张扬，更少抛头露面的他，除却他工作过的仁沱区以及先锋区的几个偏远公社的人们外，真的还没有几个人认识。

　　市委常委，一个市的领导核心啊！一个区委书记，凭什么一步登天似的一下子就进入市委常委班子中？现实生活中总不乏把什么人什么事都往"歪"里"斜"里想的人。"怀疑一切"，心理龃龉，自觉地充当起义务调查员，并且乐此不疲。

　　咱们也积点笔德，笔下留情，把这些人用一个中性名词"探究者"作为称谓吧。

　　没有不漏风的墙。当身边的同志把这事告诉李德良时，他坦然而又爽朗地笑笑。"哈哈，叫他们莫不去调查、探究吗？吃饱了饭撑的，不好消化吗，总得去找点儿事干干吧？……甭管他们的，他们爱咋咋的。咱们管不着，也没那么多时间和精力去管。正经事儿还忙不过来呢。"

长时间的基层工作，积累了不少的工作经验，干起事儿来倒还得心应手，甚至游刃有余。一下子到了市委常委的岗位，更多的是考虑全市 17 个区镇和几个市直辖镇的事情。还得尽快地适应变化了的工作岗位，尽快地进入角色。

高处不胜寒。

每逢大事有静气。

他必须排除一切外界的干扰，静下心来思考全市的"三农"工作。

探究者倒还真的是称职负责得很，硬是把李德良及他的家庭都探究了个底儿朝天。

李德良是 1956 年 8 月 3 日出生于夹滩乡董家村二组李家溪一个普通农家的子弟。用时下流行的话说，也算是根红苗正。初中毕业后因为"文革"的影响，没有能继续上学读书，而是回家务农。后来当了一年的民校老师。20 岁时当上不脱产的公社党委副书记。两年后升任公社党委书记。33 岁当上仁沱区副书记、区长。两年后转任仁沱区党委书记。6 年后，39 岁的他当选为江津市委委员、常委。一切都是那样的明明白白、清清楚楚，政绩、口碑就在那里摆着。抹杀不去，掩盖不了。

然而就是这明白、自然、敞亮更引起了探究者的兴趣。

他们的探究是从"李德良"这三个字开始的。"李"，祖传血脉，无需讨论。"德"，字辈。本也无需讨论。"德润四野"，寄托祖宗对这"辈"人的期许。"良"，则是父母对儿子的希望和祝愿了。"良济八方"，一看就知道是一个淳朴厚道良善人家子弟。

　　父母的希冀成了儿子的座右铭，用一辈子来践行之。在这物欲横流，精致的利己主义泛滥，浮躁、急躁、暴躁盛行的不良风气中，还能保持着人的良心和本性，真的是难能可贵。"德润四野，良济八方"，探究者们也禁不住反复咏哦、品味。

　　探究者经过更深一步的探究发现，无论在哪一个工作岗位上，李德良都没有咋咋呼呼、急躁浮躁毛躁的毛病，总是谋定而动。尤其是在遇到重要的关键的关系到全局的事情时，他更是在充分地调查研究、反复地比较各种方案之后才拿出自己的意见和建议供班子成员讨论完善。

　　这，就是"每逢大事有静气"吧！

　　静，不只是一个人的个性、脾气、工作方法、工作态度问题，更是一种责任、担当。

　　唯有静，才能避免因为浮躁急躁毛躁带来的决策失误，以及导致的事业的失败，国家和人民的利益受损。

　　静，看上去是一时的"慢"，却是实际的"快"。因为它事实上避免了因为"快"带来的"失败"，以及返工、修补等。这种看似"慢"中的快和看似"快"中的慢充满着辩证法。

　　李德良深得其中三昧。所以无论他在公社书记任上，还是在区长、区委书记任上都打出了许多绝妙的"好牌"，取得了骄人的成绩。事业得到发展，百姓得到实惠。组织满意，群众拥护，个人也特别有成就感。就是这一个个成功垫起了他晋升的阶梯。这就是他22岁任公社党委书记，30出头担任区长，40岁不到升任市委常委的原因。

　　江津市委分管全市农业农村工作的最高决策者与领导者的最基本的职责任务，说得直白而明确些就是：全市百万农民锅里有煮的、荷包里有掏的。就江津市的具体实际情况而言，保证锅里有煮的呢，相对而言是要方便和容易做到一些。而要做到荷包里有掏的就困难重重了。而广大农民群众对改变这种囊中不只是羞涩，而是空空如也，连称盐打油的钱都不能筹到的窘境的要求尤为迫切，已经到刻不容缓的状况。

别人新官上任三把火，李德良上任都一个多月了，还没有召开过一次像样的"施政报告"会。"就照上一任领导的指示继续执行吧。"一句和办公室同志的见面会上的话后，便没有新的指示了。"我还得用些时间和精力熟悉一下情况。"

在他接到先锋区委组织部"关于任命李德良同志为永丰人民公社党委副书记"的任职通知书时，父亲把他叫到面前，语重心长地再三叮嘱："老四啊，你当干部了。千万千万做人要老实，做事要把细哟！硬是要穿钉鞋拄拐杖，稳当又稳当。我们这些乡下人是经不起折腾反复的哟！千万千万不要像有些干部那样：决策时拍脑袋，保证时拍胸脯，搞砸了拍屁股。他倒拍拍屁股就走了，我们农民找哪个呢？做事要对得起自己的良心！千万千万不要让人在背后戳脊梁骨哟！"

李德良战战兢兢地走马上任，小心翼翼地工作着。尽管此时的他还仅仅只是一个不脱产的公社党委副书记。

但是从那之后在每一次春节家庭团拜会上，他也得和大哥二哥三哥一样做"述职报告"。报告这一年的工作学习以及家庭生活情况。就是出嫁多年的大姐也得参加。因为她也是这个家庭的成员，是党的最基层干部——大队支书。这是李家的传统。父亲在时父亲主持，父亲去世后大哥主持。

如今，党把如此一副重担交给了我，浮躁急躁毛躁不得。如果搞砸了，就不说对不起党对不起人民了，就连过年时的家庭团拜会上也交代不过去。给父亲上坟时又如何能够告慰他老人家在天之灵？李德良时常告诫自己。

没有别的办法，唯有静下心来，调查研究去！

调查研究，李德良自有他的独门绝技：

其一，自从他参加工作以来就坚持做工作笔记。从笔记中了解到江津花椒是 1980 年辜文兴任高牙公社党委书记时开始在一个公社范围内大面积推广种植的。到了 1983 年任江津县委书记时开始在全县范围内有条件的区和公社推广。辜文兴在县委书记任上近 10 年时间，扭住花椒不放，力推了近 10 年。高牙的花椒生产旗开得胜，当时的先锋区委书记刘世誉、区长郑汉臣号召在全区推广。以后的先锋区委（镇委）书记余泳海、杨兴泉等一茬一茬接着干，才有了如今的大好局面。他去市委办公室找来与花椒产业相关的文件资料，仔细研究与江津花椒产业相关联的政策法规以及领导讲话、指示和相关会议记录等。了解江津花椒的来龙去脉、历史和现状。此外，他还利用市委常委的身份，找来由市发改委和市政府研究室分别选编的供市委领导参阅的材料。政策和策略是党的生命，充分吃透其精神，为指导自己的工作提供了强有力的支撑。

其二，则是他参加工作 20 多年的时间里长期坚持新闻写作，平均每年有 20 多篇稿件被各级报刊采用。这不只锻炼了他对新闻的敏感，更多地锻炼了他深入思考、深刻分析问题的能力，以及综合归纳整理提炼主题的能力。于是他和他办公室的同志一起找来这些年的《江津日报》等报刊，将有关江津花椒的文章图片收集起来，从另一个角度来了解江津花椒的历史和现状。尤其可以从中了解中央和重庆市以及江津市的领导同志，各部门的负责人来江津视察花椒产业的情况。

在做足了这些功课之后再深入乡镇村居去实地考察，和各级领导、椒农朋友交流，其效果就不是那种事先什么功课都不做，一张白纸似的人下去调研可以同日而语的。

见了你们总觉得格外亲

　　他是从夹滩走出来，走上党的基层领导岗位的。这片生他养他的土地，不仅仅是给了他生命，更给了他灵性、智慧与勇气。他自己也无法理解与解释为什么每次工作岗位的变动，甚至是每次工作中的重大决策拿不定主意的时候，他都要回到夹滩，回到李家沟走走。有人说人是一辈子也长不大的，永远走不出他的童年。又说，人一辈子无论走多远，永远也走不出他的故乡。故乡是什么？是一个概念？一片山水？几间茅屋庭院？还是一个意念？一种情怀？一种牵挂？说不清斩不断。反正久了不投入她的怀抱，就硬生生地生出一种莫名的疼痛，一种无绪的慌乱。

　　千年古镇夹滩仿佛一颗镶嵌在群山之中的宝石。进入古镇之前必须经过一座小石桥。站在石桥上，被一大一小两条小溪裹挟成半岛的古镇映入眼帘，美得令人窒息。这时正是夕阳无限好的时候，晚霞被笋溪河一阵摇晃，再和照着古镇的霞光一掺杂一搅和，让古镇仿佛披上了神秘面纱。恰恰这时山风吹拂，顿时古镇开始了摇曳，神秘莫测了起来。沿着山坡而建的房舍层层叠叠着，飞翘的房檐如同展翅飞翔的山鸟。给古镇增添几分灵动和生气。袅袅娜娜的炊烟在夕阳的余晖中升腾飘逸。这一刻，夕阳、古镇、溪流、山雀共同描绘出一幅醉人的绝美画卷。

李德良陶醉其中，挪不开脚步。哪里有什么近乡情更怯的体验！"德良，你回来了？"一个熟悉得不能再熟悉的声音把他从沉醉中唤醒。"呵，呵呵。"不是所谓的官腔呵呵，而是梦中惊醒似的自然发声。

这是金紫乡受人尊敬的乡贤——李策铭。他造福乡梓的精神感人至深。李德良在金紫乡任党委书记时和他结下深厚的友谊。李策铭是个有知识有文化有能力的人，能诗善文还写得一手好字，曾经是江津商会秘书、田赋管理处科员、綦江面粉厂厂务主任、东源公司总经理……就是这样一位积攒了不少钱财的男人，却终身未娶。他仗义疏财，把所有钱财连同毕生精力都奉献给了造福乡梓的事业。他是李德良心中的精神丰碑，影响着鞭策着李德良的人生。他是来走亲戚的，他是半个夹滩人。母亲是喝笋溪河水长大的，灵秀而妩媚，温婉而多情。

意外的相逢，自然给双方带来的是意外的欣喜。当夜，他们俩哪里也没去，找了家客栈，抵足而眠。聊别后情况，聊生活身体，聊得最多的还是花椒。李德良在金紫乡任党委书记时，也没有少倾心培植该乡的花椒产业，也培育起几个花椒大户，开启了金紫乡花椒产业的大幕。李老先生自己也种花椒，对花椒产业的前途和命运不无担忧，甚至有时是痛心疾首，不可名状。这些年花椒大面积种植之后，由于花椒植株随着生长年限的增长而出现花椒产量降低、品质变异的状况，加上种植面积的快速增长而带来的市场无序竞争，价格波动剧烈，以及某些人坏了良心而弄虚作假……由于是亲身经历，有

51

着切肤之痛，李老先生讲来，具体生动。"德良啊，江津花椒可是江津人的摇钱树、命根子啊！千万千万要想方设法好好保护哇！万万不可给弄毁了哇！"

李老先生的话音不高，因为年迈体弱甚至都有些上气不接下气。可在李德良听来，却字字如雷轰顶，震耳欲聋，让他感到锥心的疼痛。

一夜无眠，辗转反侧。李老先生的话，描绘的情景，李德良在文件中、情况反映中、报纸通讯中也都读到过。但都如沙漠上洒了几滴雨水，一晃就过去了，了无痕迹。而李老先生的话，却振聋发聩，仿佛有人在后背击一猛掌，让人猛醒！

第二天天刚蒙蒙亮，李德良便起床，稍微收拾一下之后就出门了。

这是李德良的又一个生活习惯。每天早上6点准时起床，出门锻炼身体去。风雨无阻，雷打不动。天晴则跑步。下雨则找个避雨的地方或做广播操，或做俯卧撑或高抬腿跳，等等。40分钟后回家冲个澡，吃早餐。9点准时到达工作岗位。

这就是自律。一个不自律的人，或者说"一个连自己都管不住自己的人，就别指望能够做成什么事情了"。

有谁能想得到这句连许多有头有脸牛得不得了的人也说不出口的话竟然出自一个山乡农民之口？

这是李德良的父亲的口头禅，没少用这句话来敲打他们姐弟。

今天是破例。按理说他是可以就在绕古镇而过的公路上跑步的。可是李老先生咋办呢？总不可能你自个儿去跑，把他老人家丢在客栈吧？

一起爬山吧。即使慢一点。

李德良是十分注重细节的人。他太了解他了。这个和山打了一辈子交道的老人，平生就一个爱好——爬山。金紫乡什么都缺，就是不缺山。一座紧挨一座，挨挨挤挤，亲热得很。我们在这见到了什么是情怀、尊重、感召。

细节决定成败。这是一条颠扑不破的真理！

这是鹤山坪的南坡，高高矗立在古镇的"家门口"，把夹滩人北眺的视线挡了个严严实实。乱石嶙峋倒是和"破岩口"三个字十分贴切。至于为什么鹤山坪东西南北四面坡只有南坡崖口破烂得如此这般的惨不忍睹，众说纷纭。其中一个传说倒是能稍许安慰夹滩人的心：当年的女娲取石补天，就是在这里取的石头。取过石头的岩口如何不破？山坡如何不乱石嶙峋？

你们夹滩人知足了吧！这里如果不是一块神仙宝地，你们的祖先会选中这地筑城而居？能出杨治江这样的新四军将领，后来的上海市委常委、宣传部部长？乡场东南侧的江南职高，一个山村农职中能成为国家级重点职业中学？乡场西南侧的四面山花椒公司能够成为纳入国家"863"计划的科技公司？全中国有几个农产品加工企业被纳入国家级高科技企业？

李德良爬山的意思倒是不在于这些。登高可以望远，饱览河山景色，同时又可以远眺看看目及范围内的作物分布、庄稼长势。毕竟此时的他是分管农业农村工作的市委常委呀！近观呢也可以近距离地仔细看看栽在这石头旮旯间的花椒长势。在江津全市范围内，这样的石旮旯山坡多了去了。在这鹤山坪南坡破岩口种花椒能够成功，并且高产，其示范意义和成功经验将能起到的作用都是巨大的。

尽管这些石头缝隙中栽种的花椒长势、挂果情况都还有些不尽如人意，但是毕竟比原本的丝茅草、荆棘丛还是要强得多。一是有些经济收入，二是促进了水土保持，三是生态环境好了许多。一辈子把"积德行善"四个大字庄重地写在大地上的李策铭老先生因为有些文化，在栽种管理花椒过程中又喜欢动脑子，买些书来读。他对着这坡上的花椒讲起了一二三四，得与失在哪里。没想到李老先生条分缕析，头头是道，即使像李德良这样从小种花椒的人也惊叹不已，感动不已。高手在民间，绝对不是说说而已。

从山坡上下来，夹滩场上已人头攒动，人声鼎沸。今天是夹滩赶场的日子。李德良来到小石桥上，脚步给首先映入眼帘的河坝街"拴住了"。

进退两难。

河坝街实际上由两个部分组成。一是街道，主要买卖鸡鸭鹅。一是街道外面的河坝。这里主要买卖猪羊狗牛。

往事不堪回首。一看到河坝街，曾经的往事便死乞白赖地老要从什么角落里窜出来，撩拨人的神经，触碰人的痛点。

上初中了，班上那些来自夹滩街上的同学都有毛线衣裳穿，轻薄暖和又漂亮，穿脱都方便，好生令人羡慕。"妈，我也想要一件毛线衣裳。我都上初中了，还尽捡哥哥们的旧衣裳穿。"这是李德良第一次开口向妈妈要新衣穿。

"是啊，我们老四也长成大小伙子了。也该穿件像样点儿的衣裳了。"

听妈这么一说，李德良内心真不知道有多高兴。

"可是，"一个可是仿如一股旋风吹来一朵乌云，蒙住李德良就要绽开的笑脸。"家里没有钱呀。那得花几十块呢。现在正是春荒，青黄不接的日子哇。"

"那……"李德良眼泪止不住哗哗啦啦地流下来了。

妈妈一把把儿子搂在怀里，扯起袖口给儿子擦眼泪，一边安慰着："这样，你看要不要得……"

13岁的李德良仰着泪脸看着妈妈，心里充满着忐忑与期待。

"你去年捉鱼鳅黄鳝卖的钱妈妈都给你存着的，你再去捉点鱼鳅黄鳝卖了凑起来，以后赶夹滩场，去买个小羊儿回来，你把它喂大了，拉到夹滩去卖了，不就有钱买毛线了吗？你拿去请大姐帮忙织一下，不就有毛线衣裳穿了吗？"

"要得，要得。"李德良破涕为笑。

捉鱼鳅黄鳝卖，是那时代农家男儿挣学杂费、蒸饭钱的几乎唯一的途径。那年岁长大的农家男儿有几个不是抓鱼鳅黄鳝的一把好手？名副其实的"鱼鳅猫"。

"你是男子汉了嘛，动不动就哭鼻子。哭就能把毛线衣哭来了？想办法嘛！"

小羊买了，羊喂大了，卖了22块钱。钱给了大姐，结果呢，大姐还贴了五块钱买来毛线，织成毛衣。穿毛衣的愿望总算是实现了。李德良心里甭提有多高兴！

一件毛衣，使李德良明白一个道理："再大的困难，只要开动脑子，办法总是能想出来的。"这思想根子结结实实地扎下了，让他永生难忘。

一件毛衣，他不知道做了多少个梦。

一件毛衣，教人一个做人的道理。一个农村妇女一个不经意的举动，胜过好些教育专家学者一大堆的大道理。

这就难怪李德良姐弟六个个个都能成才，个个都在不同的岗位为共和国建功立业，做出一定的成绩。留在乡村的大姐大哥分别担任村支书，带领村民致富奔小康，二哥三哥在部队多次立功受奖。他自己在任政法委书记期间多次荣获国家和市里表彰奖励。他所带领的队伍连续多次荣获国家级先进。父母是子女的第一任老师。在他们的悉心教育培养下硬是印证了那句乡巴佬的话：有怎么样的苗苗就结出怎么样的苔苔。

就这样和河坝街结下了不解之缘。每次来到河坝街，李德良总是心潮起伏，激动莫名。

在别人看来，要说也简单，简单得不值一提：只不过是和妈妈一起来这里买了一只小羊羔，几个月之后，又和妈妈一起来卖了一只羊。仅此而已。然而对李德良而言，他的人生之路却是从这一买一卖中开始起步的。

从河坝街出来，他们来到花椒市场。

离花椒正常开采还差将近一个月时间，可是市场上已有新花椒卖了。李老先生告诉李德良说，这是不能允许的。李德良家祖上就种花椒，他的大哥可是夹滩乡饶有名气的种椒能手。可是他却从来没有去关注过花椒开采时节的问题。在市场上转了一圈，发现卖新花椒的人还真的不少。而且大多数卖椒人还都不是亲戚朋友就是熟人同学之类。毕竟他是这方土地上生长的人。这让他心里还真不是滋味。脸上也火辣辣的。

椒农为什么要提前采摘尚未完全成熟的花椒呢？李老先生告诉李德良说，原因无非有三：一是抢个早市，卖个好价钱。二是花椒尚未完全成熟就采摘下来，即使晒干，花椒果粒也难开口，籽粒儿和果壳就不分离。这样就能大幅增加重量。消费者要买果壳，结果呢，把籽粒儿也一同买了回去。三是减少果实生长期，自然就减少了植株的营养消耗。土壤的肥力也少消耗一些。这就为下一季少施肥打下基础。这些人啊，小算盘可打得精着呐。谁说农民傻呢？这分明透着一种狡黠。哎，占这么点小便宜干啥呢？

"哟——这中间的奥秘还这么多吗？"李德良惊叹之余陷入深深的思索之中。出来实地考察调研之前，他没少做功课，却从来没有见到过关于这个问题的论述、记载，也没人像李老先生分析得如此透彻和明白。

"这牵涉人性中恶的问题。耍小聪明，占小便宜，还不易被人察觉。就算是被人识破，作弊者也还可以振振有词，找些似是而非的理由去狡辩，去搪塞。"姜还是老的辣，你不佩服还真的不行。

"就没有破解之道？可万万不可让几粒耗子屎乱了一锅靓汤啊！江津花椒经过多少人二三十年的努力才打出一片好天

地，可不能让这些利欲熏心的人给弄坏掉了哇！"一向沉稳淡定的李德良心里也着急起来。

李德良暗暗祈祷，千万别告诉我说：小农意识导致了农民喜欢占小便宜的习性。这些说教汗牛充栋，治理药方开了不知多少箩筐，可是有用吗？说了成百上千年，还不是依然如旧！

"要说吗，办法还是有的。"

"你说说看。"

"定制度，立规矩。重典治理。"

人们早已形成了一种思维定式。谁上来都来这一套，怎么就没有人说出点别的办法？

"这办法可能不行。"同时又分管政法工作的李德良不假思索地回答。

"为啥？"

李老先生睁大了双眼，加上猛然紧皱的浓眉，活脱脱摆出了一个大大的"？"。

"谁来执行监督管理？执法成本太高了。这，你仔细想想看看。"还是得想出个别的更好的法子。

"这个……我也不知道该咋办了。老朽老……了。"

花椒市场就紧挨着禹王庙，李德良不禁想起大禹治水的故事来——堵？不如疏！我们能不能从这个方面着手，想出个好法子来？"我们能不能想个'疏'的办法呢？"

"除非花椒籽也能卖钱！"站在旁边一直听着一老一少谈话的人突然间冒了一句。这家伙听李德良那么一说，头脑倒是转动得快，不假思索，冲口而出。

好熟悉的声音！李德良情不自禁地转头一看，却原来是他的好朋友，曾经和他一起学做生意、一起卖糖精的伙伴。

"这倒是个法子。我在医书上读到过，花椒籽是可以做药，也可以榨油做美容的。德良，你年轻，你想个办法，让科

57

研人员好好研究。把花椒籽变废为宝，不就值钱了吗？花椒籽值钱，甚至比花椒壳还要值钱的话，看谁还会嫌弃花椒籽，不惜昧了良心去干那缺德事。"李老先生好生高兴，"还是你们人年轻，脑子活泛。"

"还是群众是真正的英雄啊。"李德良不无感慨地说。

李德良继续在市场上转悠，和熟人朋友亲戚同学打着招呼，嘘寒问暖，甚或简单地聊几句。好生亲切亲热。这让李老先生打心眼里感到高兴与慰藉。他调离金紫好多年了，现今在哪里工作，担任什么职务，李老先生不知道，也不想知道。"我交的是朋友，看的是这个人的人品，坐在一起说的话是不是谈得拢。至于他当不当官，当什么官，在哪里当官，关我什么事？我要是在乎这个，我会是现今的样子吗？"几句话把那些企图通过他认识李德良"帮点忙"的亲戚朋友差点没给气死。

李德良老是在装鲜花椒、干花椒的背篼箩筐提篼间转悠。这个篼里看看那个篼里摸摸，询问着价格了解着产量，仿佛一位大户客商。

有亲戚把他拉到小巷深处悄悄说："那些人把没有完全成熟的花椒采摘下来卖就已经不对了，有些人更是黑起心乱整。"

"哦？"看他一本正经又义愤填膺的样子，李德良尽管表面上风平浪静，内心却顿起波澜。

"他们把没有完全成熟的花椒采摘下来，在烘烤或者晾晒之前将花椒压一压。"

"为什么要这么做？这又是唱的哪一出呢？我倒还从来没听人说起过还有这种事情。"

"经过碾压之后，无论你如何烤如何晒，那花椒籽儿无论如何也蹦不出来了。它早和壳粘连在了一起。"

"哦……还有这样子的吗？"李德良的心仿佛给压了块石头般沉重。"谢谢啊！谢谢。"

"你还不晓得，那样处理过的花椒，皮壳是烘干了，但里面的籽粒却是难以烘干的。客户买回去，几天就发霉了，吃了要得癌症的哟。你晓不晓得哟！江津花椒呀都要烂在这些黑心的人手头。"

"啊……呀……"李德良心疼如割。

如何走出小巷，如何与那亲戚道别，他没有任何印象。脑子一片空白。

他倚在板壁墙上，一声不吭地憋闷了好久。

"贫穷，贫穷惹的祸！"

李德良用拳头擂着板壁墙。痛心疾首。

"贫穷到绝望，哪里还顾得上善良。"李老先生补了一句。

"可也不能肆无忌惮到如此地步哇！"

"这样的事我们那里也有，却找不到治理的法子。……堵不如疏。堵不如疏……呃，要是把大家的注意力吸引到精耕细作、提高产量上来，不是可以让农民多挣点儿钱吗？"

李老先生轻轻地呢喃着。

"贫穷泯灭了良知，为了多赚点钱，什么丑恶的事情都做得出来！"李德良说到这，突然戛然而止。转过身，看着李老先生。

"你？你？你这是怎么了？"李老先生上上下下看看自己，浑身上下没什么呀。

"你刚才说什么啦？"

"我没说什么呀。"

"说了，说了。"

"我真的没有说什么。"

"你说他们为了提高产量好多卖钱……"

"难道不是吗？"

"对，对，对。"

"对什么呀？要是那么好提高产量，大家早就试过了，没那样简单。我在种花椒上就下过不少功夫，可是产量提高幅度并不大，难啊！"

"要是我们用科学方法呢？"

"我看能行。科学技术是第一生产力嘛。"李德良答非所问。显然还沉浸在他的思维之中。深度的思维。

李老先生愣愣地看着面前的汉子。交往了一二十年的朋友突然间怎么就不认识了似的呢？他的思维总是与众不同、不同寻常。究竟这不同又是什么呢？他一时思维短路，说不上来。是老了？还是时代进步太快，思维观念跟不上趟？

转身就看到不远处的禹王庙。对了！对了！大禹治水，"堵不如疏"！李老先生还在念念叨叨着。如何"疏"呢？他却捉襟见肘，穷思竭虑也想不出个好法子。

李德良倒是心里敞亮了。还在他读初中的时候，院坝乘凉时，父亲就给他讲过当年毛主席提倡的农业八字宪法，"土肥种管……"，后面四个字已经记不清了。可是有这"四个方面"就足够了。在这四个方面下功夫，花椒还能不高产？

"走吧。我们再去其他市场逛逛。"

思路一清，人也顿觉神清气爽了许多。

李老先生还专注着禹王庙呢，没听见李德良的叫声。

李德良只得转身上前去拽。不转身还好，这一转身却发现刚刚倚靠的地方原来是早些年的土法染布的染坊。曾经的故事一幕幕浮现在眼前……

陪嫁双铺双盖

那是 20 世纪 60 年代，李德良二十出头的大姐谈婚论嫁了。出头的橡子先烂。他大姐为了这个大家庭，尤其是为了照顾他们五兄弟，没少吃苦，没少遭罪。李德良的爸爸妈妈又都是好面子的人。"我李家溪人家嫁姑娘，说什么都要办得风风光光的。"

什么样才算是风风光光的呢？

陪嫁双铺双盖。

就是说，铺笼帐被一应床上用品统统都得是双份！

消息传开，差点没惊掉人们的下巴。

这件事放在 50 年后的今天，夹滩人家，有汽车、楼房的多了去了。现在嫁女儿，就是陪嫁个汽车豪宅也波澜不惊。有好些人家还在城里给女儿买套房子作为嫁妆，牛得可以可以的。毕竟是此一时彼一时，时代不同啊！

那个年月一人一年才七尺布票，中等身材的男人做一件上衣还不够呢。双铺双盖，恐怕得十丈八丈布吧？太多太多了，多到了完全无法想象的地步。

　　有好些人等着看"牛皮"吹破后的笑话。

　　布票黑市上还是有卖的。尽管一人一年只有七尺配发，可还是有人因为种种原因而将配发的布票拿到黑市上交易。物以稀为贵，售价自然就高得有些邪乎。李家哪里有钱到黑市上去买布票呢？

　　等着看好戏吧！

　　"好戏"开场了：李德良的父亲在自家自留地上种起了苎麻。种植面积虽小，可是可以割了一茬又一茬。割下麻秆，剥下麻秆外皮，浸泡去青，派麻绩麻纺麻纱，请师傅来家织麻布。

　　这一切小小年纪的李德良都看在眼里记在心里。尤其爸爸的那句话：人，就是要活出个人样子。再苦的日子，只要你肯干，总是可以改变它，是可以过得好一些的。千万不要苦熬。苦熬什么时候是个头？一点希望、盼头都没有。尿还能憋死大活人？再大的困难，克服它的办法终归是可以找到的。

　　父亲居然是种麻能手。种出的麻除了给姐姐做两顶帐子之外还有剩余，成了市场的抢手货。

　　李德良最感兴趣的还是那白色的麻布怎么样放到锅里煮，挑到笋溪河里洗，放到裤裆石头下碾压，又给放到好大的面板上铺展，再压上有很多花纹图案的纸板，纸板上刷专门的石膏。取掉纸板之后，麻布上就留下好多好看的石膏图案。之后把有石膏图案的麻布放到大染缸里浸泡。捞出来的青色的蓝色的麻布刮去石膏的堆积，白色的花纹图案就永远地留在了麻布上，神奇极了。

　　一顶青色麻纱蚊帐、一顶蓝色麻纱蚊帐就成了李德良姐姐的嫁妆。

　　大姐在人们的羡慕不已和啧啧唏嘘感慨中风风光光地在看定的日子出嫁。路过夹滩场时，引起了整个夹滩的轰动。人们都从家里、从店铺中跑出来看"哪家新姑娘有这么好的福气！——居然有双铺双盖陪嫁"。

"太神奇！太不可思议了！这是什么年辰哟，居然有陪嫁双铺双盖的人家！"

李德良是送姐出嫁的小兄弟。一路上人们的惊奇和赞誉令他的虚荣心得到极大满足。与此同时，心灵也受到极大的震撼。

斗转星移，光阴荏苒，李德良每次回到夹滩，看到带给他许多惊奇与欢喜的染坊就会想起大姐的嫁妆，想起老父亲的教诲：

人啊，要活就要活出个人样子。

再苦的日子千万不要苦熬，一定要苦干。不过，光是能吃苦耐劳还不行，你就是条蚯蚓，把头把身子都埋进土里，又能如何？"毛主席说的那个八字宪法还真的管用。"父亲又讲起了农业八字宪法，"土肥种管……土：因地制宜，改良土壤；肥：合理施肥；种：一是在种什么上下功夫，选择合适的品种，二是改良品种。管：就是精心管理。"父亲当年由种一般的粮食蔬菜，改为种苎麻，就是根据当时家里的情况所做的最合理的选择。如今，为了提高花椒的产量，一是扩大花椒种植面积，但是这是有限的，可是提高单位面积产量，却是大有作为的。办法就是"土肥种管……"

办法，是人想出来的。

行到水穷处，坐看云起时

"行到水穷处，坐看云起时。"听了李德良在这曾经的染坊前讲的关于大姐出嫁时发生的家庭故事，李老先生感慨万千，莫名其妙地冒出这么句古诗来，令旁边的李德良好生困惑。等待他的下文呢，他却不说了。

场都快散了，李德良还想去转转，见见老朋友呢。于是"先生您的意思是……？"他有些着急了。他当然知道先生是因为听了他关于大姐的嫁妆之事有感而发。这"感"又是什么呢？他琢磨好大一阵，还是一筹莫展，捉摸不透。却又好想知道个究竟。

这，是人的求知欲望使然呢？还是人的"窥私癖"作祟？

反正就是想知道先生说那话的意思究竟是什么。

哎，先生不去当作家真是太可惜了。真的是设置"悬念"的行家里手。

先生仍然没有解疑释惑的意思。

顺着先生的目光方向看过去。"嘀嘀，嘀嘀

64

嘀"，李德良不由得恍然大悟。——夹滩场正对着破岩口，昨夜的大雨引发山洪，正从破岩口喷薄而下，震耳欲聋，惊心动魄。这不正是"行到水穷处"的真实写照！

至于"坐看云起时"，李德良真的就不得而知了。李老先生学养深厚，非常人能比，不去大学里教中文真的是可惜了。好生为他惋惜。可他呢，闲云野鹤般的日子过得那么舒适惬意。李德良脑袋都想痛了，还是想不清楚那诗句的内涵。

和我大姐的婚嫁有什么关系呢？再说这破岩口山瀑布早前就见到过的呀。

"德良，我也看你经常在报刊上发表文章。我问你：云的文化意蕴是什么呢？"

"……"

无言以对。

"飘逸，灵动，邈远，天马行空，无拘无束，自由自在，变幻莫测和旷达。"

不就是一朵朵云吗？谁又会多去关注，去解读？经这个名不见经传的普通农民一解读，仔细想想，还真是那么回事儿！

难怪金紫乡乃至先锋区上上下下都尊他为乡贤！

先锋哟先锋，你还有多少的藏龙和卧虎？

"我现在给你讲讲为什么。听了你给我讲的你大姐的嫁妆故事，我正在纳闷，内心许多的'为什么'无法自拔之际，不经意的一个转头，看到了破岩口的那挂瀑布，心中豁然开朗，便情不自禁地吟哦起先贤的诗句来了。"

李德良听得一愣一愣的，更多的糊涂灌满了脑袋。这联系也太牵强了吧？都哪跟哪呀。

"在当时那样的艰难岁月中，在好多人的眼睛里，是悲观绝望，是穷途末路，是束手无策。这像不像这诗句中的'行到水穷处'，只有跌落？而你的父亲母亲呢？把这严峻乃至残酷的现实看得云淡风轻，于是才有灵动的思维，邈远的目光，飘逸的情怀，旷达乐观的生活态度。女儿该嫁还得嫁，女儿的婚事还要办得风风光光。农家女津津乐道的最高期盼——出嫁时双铺双盖，我们一件也不落下。"

先生就是先生。难怪当年江津城七家商会同时聘他为商会文书、总管、会计之类。商会之间争得面红耳赤。没有点真才实学能行吗？比猴还精的商会掌门可不都是只知吃干饭的！

"走哟，河边去洗脸啰……满脸紧紧巴巴的怪不舒服。"

李德良这才注意到，早上出门早了些，不方便让服务员送洗脸水。从山上下来又看见赶场的人多了起来，就忙着赶场了。把洗脸吃早饭的事情都给忘了。

"德良啊，都说一方山水养一方人，又说地灵人杰。你怎么理解？"男人洗脸说简单也简单，捧起水往脸上浇，之后揉揉搓搓，再抹抹就算完事。洗罢脸，老先生就着这笋溪河说开了：这江河在文化意蕴上说来其隐喻有五。其一呢，无论它的源头在哪，离大海多远，其奔向大海的目标始终如一，坚定不移。其二，包容开放，不拒绝巨细统都接纳，是山泉也好，小溪也行。充实和壮大自己。其三是一旦汇入，就没有了彼此的"出身""山头"之类，是来自"小溪""山泉""池塘"统统都抹去印记。其四则是身段灵，奔腾也行舒缓也行，东绕也好西弯也可以，只是最终目的地不变就好。其五呢，它走自己的路，任人说去。绝对不会和谁去争辩什么。向着既定的目标，前进前进。

先生的话，直令李德良打心底里佩服不已。

"笋溪河养育了夹滩人的同时，也给了夹滩人智慧和性灵的滋润与启迪。"

有些玄妙。李德良几次闭上了欲张的嘴。尽管有些难受，可又怕因此而打扰了先生的思维。

"鹤山坪高耸在夹滩场前，堵住了夹滩人的去路，逼仄了夹滩人的视野。但是笋溪河启迪了夹滩人不必唉声叹气、怨天尤人，而是曲折迂回，另寻出路。你李德良的父母是不是这样的呢？"

李德良静心地听着策铭先生的条分缕析，饶有兴趣。

"在当时那种情况下，能够让六个儿女连同他们夫妇一家八口健健康康活下来就已经很不错了，在有些人眼里，八张嘴像不像耸立在夹滩场面前的鹤山坪堵得一塌糊涂，吓也吓死了？可是德良啊，你的父母不仅要养活你们，还要让你们活得好好的。到了你姐出嫁的时候，还要办双铺双盖的嫁妆！可别小瞧了这双铺双盖。它是一个昭示：办法总比困难多。人要活，就活出个人样子！只要想办法，再大的困难都可以克服，都是可以把日子过得更好一些的。你家嫁女儿双铺双盖的事实，宛如一个榜样，一种宣示。它提振了乡亲们的信心和勇气——你姓李的能办到，我姓王、姓张的为什么就不行？怎么做到的？笋溪河给予你父母以启迪：迂回曲折。生产队分的粮食不够吃，因为家庭人口多，劳动力不够，按照'工分抢粮'政策。按照人口分配的基本口粮抢不来。至于钱，两口子一个正劳力再加上一个半劳力，再加你姐半个劳动力，三个人干一年到头不但没有半分钱分配，反倒还得倒补生产队口粮钱。你父母真是好样的。你家是全公社花椒种得最多最好的人家，是能够培育椒苗卖的少数人家之一。你父亲种的叶子烟产量高卖相好味道正劲头足，是市场上的抢手货。你母亲喂猪是把好手。一年三头肥猪，卖两头给国家，自家宰一头。你父亲偶尔还做点小买卖，甚至连去城里买糖精片化凉开水卖这样的小得不能再小的生意都做。我就真的纳闷儿了好久好久，你父亲是怎么样发现这是一个生意的？"

这个老先生啊，我们家的事情他怎么都了如指掌、如数家珍的？

哦——，他不是常回夹滩做客吗？他不会打听？再说我李家在夹滩坊间还真的有点小名气。再说了，我在金紫当公社书记时，没有少和他摆龙门阵。说者无心听者有意，他把什么都记住了，在这里等着我呢。

"你……"李德良想要说点什么，却又一时不知从何说起。"是想听他说，坐看云起时？"

"德良啊，你晓得我今天为什么要啰里吧嗦地给你讲这么多吗？"

"……"

摇摇头，还真的是不知道。不说"坐看云起时"了？

"你在金紫当公社书记，没有官架子，我交你这个忘年交。后来你调仁沱区当区长、区委书记，现在又提升了吧？哎，不管你提升没有提升，昨天下午我们在夹滩场偶然相遇，我还是我，你还是你，还是老样子。一样地亲切，一样地摆龙门阵。今天上午赶了半天场，脸没有洗水没有喝早饭都没有吃。"

"哎呀，对不起对不起，我失礼了。"

李德良赶紧赔不是。

"走，我们去吃饭，边吃边摆。"

"不，不不不。你听我把话说完。我呀人老忘性大，隔一会儿就想不起来了。"

"那好那好，您老人家教诲。"

"我就喜欢你现在的样子。看问题总是有自己的见解，你考虑问题总是从农村现状出发，站在农民的角度来看、来处理。"

"老先生，您老人家就别给我脸上刷糨糊了。走，吃饭。"

"忙啥呢？你听我慢慢说嘛。"

"您老说，您老说。"

"你看到大量的新花椒没有到成熟采摘期就采摘上市了，心里难受、着急。你没像有的领导那样坚决打击，又是罚款，又是没收，弄得人心惶惶。可是呢？抓住的算倒霉，没有被抓住的等领导一离开，他们又从躲藏处冒了出来，和领导干部做躲猫猫游戏，弄得大家哭笑不得。而你呢，就像这笋溪河一样，这条路走不通，给堵住了，转个身，另辟蹊径。嘿，不就走通了，就仿佛在破岩口看'行到水穷处，坐看云起时'一样地悠闲与云淡风轻。我知道你一定心中有主意了。你知道一切的社会丑陋都是贫穷这个催生婆催生的结果。如果让他们迅速脱贫致富，这种丑陋现象不是可以大幅度减少了吗？堵不如疏。只是这样一来，你们当领导的就要费力得多辛苦得多了。我们见过太多太多的领导一见有人弄虚作假，甚至违法违规，就暴跳如雷，非严刑峻法狠狠打击不可。试问：历史上使用严刑峻法的王朝还少吗？有过一个王朝成功了的吗？而你却语出惊人，提出如果用高科技的方法，把花椒籽也开发成产品，也能值钱，卖个好价钱。摆脱贫困心切着急上火的人们还会提前采摘花椒？除非他真的是吃饱饭给撑的！不知道花椒成熟了会自动裂开，籽粒儿自动弹跳出来？更没必要干那种碾碎花椒籽包裹在花椒壳皮里的缺德事儿。一箭双雕，一箭双雕啊！"

这花椒籽榨油的事儿，其实是早年老书记辜文兴说给他听的。李德良还能清晰地记得那谈话的情景。那时他还在金紫公社当书记，辜书记下乡来检查指导工作时，指着老乡的椒林说的。是说给椒农老乡听的，鼓励他好好种花椒，给他指出花椒发展的前途光明着呢。李德良把它牢牢地记在心上了。后来，辜文兴书记告诉李德良，其实他也是四川省农业科学院那位江津老乡、院长兼党委书记老罗讲给他听的，赞赏他在江津大力推广发展花椒产业是做了件大好事。历史上石蟆也是花椒产区之一。老罗这位石蟆儿子自然是熟悉花椒的啰。

在金紫工作的时候，李德良鼓励李老先生种花椒，讲花椒全身是宝时，也曾讲过花椒籽可榨油的事儿。可是李老先生当时也并没有把这事儿放在心里。如今在这夹滩场赶场见到那些丑陋和龌龊现象，才突然想起李德良讲过的花椒籽榨油的事儿。此时此刻再观察李德良见那些不法行为似乎见怪不怪、熟视无睹的神情，就在心里猜测：李德良一定是在琢磨花椒籽榨油的事儿。于是便恍然大悟般的滔滔不绝了一阵。

李德良仍然没有正面回应，只是微笑着。

"哦，哦。这叫因势利导。对啦，对啦，因势利导。"

李老先生毫不吝啬他的赞美之词，一激动，一股脑儿蹦出来一连串。

"彩虹，彩虹！"不知是谁叫了起来。

人们不由自主地朝着破岩口方向望去。

"山水无言，就在那里，各人悟性不同，各自从山水中领悟到的东西可能大相径庭，这就直接导致了世上人的千姿百态。各有千秋的不同性格的人便组成了我们这个绚丽多姿的社会、人群。这就有了一方山水养育一方人之说。领悟力强一些的人所得这方土地的灵气就多一些，于是能干出的杰出事就大一些，就成了人杰。于是就有了地灵人杰。"

"叭叭叭叭，叭叭叭叭"，不知不觉，周围聚拢来好些背背篼挑箩篼的赶场人，长时间的掌声让李先生始料不及。"信口开河，信口开河，当不得真，当不得真。出丑了，出丑了。"老先生抱拳道谢。

李老先生有些窘迫，有些尴尬。"大家赶场去吧，赶场去吧，场都要散了哟。"说着，他转过身，嘴凑到李德良耳朵边说："呃，我一直忘了跟你说，我看见你大哥了。"

"在哪？"

"在公路边。"

"他在干啥？"

"卖花椒秧。"

"现在可能早就走了啰？"

"我们过去看看吧，万一没有走呢……"

酒同知己饮

　　大哥没有找到，李德良找了小包间招待他一向敬重的乡贤李策铭。三杯酒下肚，老先生的话口袋又打开了。

　　"这夹滩场么，这山形水势，特别的地理位置得天独厚，造就了它商贾云集，市场购销两旺，一派欣欣向荣景象啊。"

　　老先生感慨万千。

　　"这方百姓一定是先富起来的人群。"

　　"借先生吉言。借先生吉言。"

　　这已经是夹滩最好的餐馆了，唯一的"雅间"也有三张桌子。赶场天生意好，三张桌子都有客人。李先生一高兴，说话声不自觉地提高了三度，且话题又别开生面，直令旁边两桌客人也停箸洗耳恭听老先生慷慨陈词。其中一长者情不自禁地说了一句。

　　李德良环视一圈。"大家镶起来，镶起来嘛。"

　　"镶起"，江津土话。其本义就是把几张桌子合并在一起。也可以是不并桌子，只是人合并一桌而已。

难得有机会和父老乡亲在一起同餐共饮，李德良自是十分欣喜。平时你还请都请不来这些客人呃。

"我原来在县总商会干了些光景，江津哪个码头哪个场镇商贸情况不晓得？江津白沙这些大码头就不说了。若是论乡场，我们夹滩也是好数数的呢！至于笋溪河边的十几个乡场，头块招牌哪个都抢不去！"

还真别小看了老先生的说话艺术。几句话就把大家的情绪调动了起来，心也给烘得暖暖的，一种为自己生为夹滩人的自豪感油然而生。

"我在东源公司当过总经理。顺江场上的东源公司的铁锅在川东川南黔北滇东北都是出了名的。东源公司的铁锅走水运到夹滩上岸，陆路去四川合江和贵州习水、赤水。从綦江河水运来的产自贵州桐梓遵义的役牛、耕牛从青泊的孔子庙码头上岸，经金紫、永丰一路来到夹滩，一部分继续东行去龙门码头，过江去璧山铜梁，一部分西南行去白沙，然后或去合江或去自贡。总之，夹滩成了江津中部地区最为著名物资集散地。南来北往的商贾云集就是自然而然的事情。我印象最深刻的是夹滩酒特别好喝，花椒品质特优，又麻又香。众所周知，客商们每到一处都要捎些当地的土特产回去送亲人朋友。他们带得最多的就是花椒和夹滩烧酒。"

大家全神贯注于聆听老先生的激情澎湃演讲，以至于忘了喝酒。好久好久，人们才突然想起。"敬老先生一杯。"大家举杯。

"谢过，谢过。"李老先生双手抱拳，谢过大家，"大家同饮，同饮。"

大家其乐融融，李德良也十分开心。

"我年轻时候因为在商会任职，经常往夹滩跑。那时候就感觉夹滩人经商、商品、市场、价格、价值的意识比其他乡场的人强得多。这全赖于见多识广，长时间的耳濡目染、潜移默化的作用吧。要不怎么会有一方山水养一方人之说呢！"

说到这，李先生的目光从每一个人的脸上扫过。

大家脸上洋溢着得意与满足的神情。

只有李德良的脸上多了几分鼓励与赞扬。这李老先生真还有那么几把刷子，是宣传和鼓动群众的好手。

李老先生接下去话锋一转："我们今天在夹滩赶了半天场，看到好些人在卖新采摘下来的花椒。大家都是种椒人，未必不晓得花椒没成熟就不开口，花椒籽就任你如何晒如何烤就是不蹦出来的道理？可是，可是就偏偏有些人利欲熏心，发财心切，把脸抹下来夹在胯下，做出那些丧尽天良的事情，不仅是把不到采摘期没完全成熟的花椒摘下来，更有甚者居然还把采摘下来的花椒碾压。这样一搞，不是抓屎糊脸，自损形象吗？好多辈人好不容易才树起来的先锋花椒品牌，弄砸了，客商不来采购我们的花椒了，怎么办？这棵'摇钱树'毁掉了，我们以后的称盐打油钱，娃娃上学的钱，女人买花布的钱，看病就医的钱哪里来？我们先锋人、夹滩人还指望脱贫致富奔小康？门儿都没有！"

乡亲们议论纷纷。一个个义愤填膺、愤愤不平的样子令李德良好生欣慰。乡亲们有这等的品牌意识和正义感，怎不令他心生欢喜与振兴先锋花椒产业的信心！

"咱们农民穷啊！还不是为了多赚几个钱吗？"有人辩解说。

"这是杀鸡取卵，饮鸩止渴！你们晓得不晓得？"一个年轻人大声武气地说。

"要是花椒籽也能卖钱，哪个舅子还做那种昧良心的事儿呢？他还怕被人戳脊梁骨，诅咒他生个娃都没有屁股眼儿呢。"

"哈，哈哈哈哈哈。"人们忍俊不禁，大声笑了起来。

"要是花椒也有科学家研究出新的品种、新的种植技术，一亩地多产几百斤就好了。"又是那个大声粗气说话的汉子说。完了，这家伙还不忘加了一句："是不是呀，各位父老乡亲？"

"那倒是好哟！"大家伙儿齐声响应。

听到这里，一贯沉着稳重的李德良心潮滚滚，激荡澎湃了起来，差点没有心花怒放了。

能和乡亲们想到一块儿，证明了自己的想法合民心顺民意，怎么能不高兴和欣慰？并不善饮的李德良一高兴，举起了酒杯，"我敬大家一杯！"

"其实，我也是夹滩人，老家就在离场不远的李家溪。"饮下一口酒，李德良自我介绍，顺便也把李老先生介绍给大家，"这位李老先生是咱们夹滩的外孙，二分之一血缘是夹滩人。"

"真有你的啊，厉害厉害，咱们老百姓想的什么，你怎么全都知道呀？"酒敬到李老先生处，先生悄声说。

"我家也是椒农嘛。何况我儿时就没少满世界跑着卖花椒、花椒秧攒学费钱和笔墨纸砚钱呢。"

"感同身受，感同身受啊！"老先生咕噜咕噜喝下那杯酒，咂咂舌，突然一个酒嗝上来眉毛胡子都皱作了一团，十分满意、十分享受的样子。

李德良忽然想起一个先贤说的"一个积德行善、造福乡梓的老人头，越老越是婆婆相"的话，太形象太准确了！"哦，这就是作家们常说的慈眉善目吧？"

没有比与群众想到一块儿更美好的事情了。李德良对江津花椒产业的明天充满了信心和力量。下一步该怎么办，他心里有了数。

这个场，赶得值！

人的正确思想从哪里来

　　农家小孩儿最大的希望就是赶场回来的爹妈能买颗糖呀买个粑粑（馒头、包子、白糕）呀什么的。那个高兴劲儿就不摆了。如果什么都没有买，那个失望和沮丧也不摆了。农家汉子惜时如金，谁还有事无事地去赶场呢？当然也有赶"耍耍场"的。可是你如果真的完全相信那些不卖不买东西的赶场人都是"耍耍"的话，那就有点天真了。尤其对于夹滩人而言，他们是带着脑袋、带着眼睛去赶场的：却原来是去观行情看形势，寻找发财机会的呐。对这种人尤其不可小觑。李德良的父亲几乎每逢夹滩场期都会去赶场。上有老父老母，下有六个儿女，连同自己夫妻俩，一家人十来口呢！什么针头线脑、油盐酱醋、农药化肥等，要买的东西零零碎碎多了去了。钱从哪里来？鸡鸭鹅兔，自然是要卖的。一般农家都是这样子做的。"而我们家和一般人家又有些不一样。我们家一年四季都有东西卖。柑橘、花椒、苎麻、叶子烟轮换着来。每到赶场天，爹都去得早，回来得也早。我们家的东西好卖得很。种田也要动脑子，没事了多到场上去转转，看看哪些东西好卖，就种那些好卖的东西。市场紧俏的，价钱才傲得起。要种就种好卖的东西哟。还有就是东西要好。同样的东西，我们李家的就是要好一点。尽管日子过得艰难，但是父母赶场回来，总是要给我们或者买糖或者买粑的。再不济，也要买包糖精，化碗开水给我们喝几口，让我们高兴高兴。"

"我们高兴的同时也记住了父母的谆谆教诲：种地不动脑子，就是把脑壳钻进地里也不行。多动脑子少费力，这个道理古人早就讲清楚了。"李德良每每说起父亲的当年，总是感慨不已。在那年月父亲就有这种意识，真的是太难能可贵、太了不起了。

"父母去赶场，孩子都扭着缠着要跟着。这是农家孩子的一种习性，概莫能外。可是别的父母都嫌麻烦累赘，不让孩子跟屁虫一样跟着。'去吧，从小就长点见识。练练胆量也好嘛。'我的父亲母亲就和别的家长不一样。我们几姐弟没有少当父母的'跟屁虫'。赶场回来的我和小伙伴们讲述在夹滩街头的见闻，羡慕得他们清口水滴溜溜地流。写的作文也比别的同学写得好得多，总有说不完的话，记不完的事，抒不完的情。老师同学都惊讶都喜欢。我们也在老师和同学们的赞扬中成长。自信，也就慢慢在我们心中扎下了根。长大一些后就开始帮着父母'做生意'了。最有意思的是我 16 岁那年，已是大队党支部书记的大哥从县城开会回来后给我说：'德良啊，我在县城药店看到有糖精片卖，一瓶 500 片，一片 5 厘钱。一片兑 2 斤水。'这个我明白，父亲曾经买过糖精回来兑水给我们喝过。当时只顾着高兴只感觉神奇去了，只是没想到'生意''赚钱'上去。如今经大哥这么一点拨，有早些年跟随父母赶场，帮着卖柑橘、旱烟、苎麻，招揽生意、讨价还价的经历打底，此时已是初中生的我一下子就明白了。邀约上同生产队伙伴袁孝义一起，一个人买上几瓶就去赶15公里外的沙埂场。他在上场口我在下场口叫卖。初试牛刀，便旗开得胜，各自赚了4块钱。那时候，一个在江津县城读书的中学生一个月的伙食费才五块五哩。

"市场、价格、利润、适销对路、品牌、质量等概念和意识就这样植入还是懵懂少年的我的思想意识和生活乃至生命之中。这，或许就是人们常说的'童子功'吧。一旦练就，就终身受用。藏不住甩不掉，如影随形。最令人难忘的是：1972年初春，父亲带我卖花椒秧的经历。

"我们家祖辈就种花椒卖，也育花椒秧苗卖。卖花椒的人多，育椒苗的人少之又少。那可是一个相当考究的技术活，非一般人所能为。那一年由于有些文化，又喜欢思考探索创新的大哥在繁育花椒苗的过程中，在传统的基础上做了很多的改进，使得原本就享有盛名的我们家的花椒苗在成活率高、产量高的基础上更加优秀。移栽的季节到了，急需销售出去。'德良啊，你看我这生产队长当起，大队又任起职，总不可能在这春耕大忙季节，丢下大队生产队的事情去卖自己的花椒秧吧？我呢，以三分至五分一株批发给你，你背到市场上去卖。赚的钱就算你的零花钱，做什么都可以。'"

零花钱？对一个农村中学生来说简直是太稀罕了。李德良的最大愿望就是能有钱去买一双球鞋。光脚板在球场上打球，挨人踩上一脚，痛得人心尖尖颤。尤其冬天，没穿鞋的脚往往长有冻疮，挨人踩一脚，那个疼痛，又岂是一句"钻心的疼"能形容！他还想去买本小说《欧阳海之歌》，老师给同学们讲欧阳海的故事，他听得那么专心入迷。他还想去看场电影，都是中学生了，还从来没有进过电影院呢。电影院里看电影会是啥滋味儿呢？

零花钱啊零花钱，大哥的一句"零花钱"激动得李德良夜不能寐，浮想联翩。

"大哥连苗带泥挖出来，根部用芭蕉叶包好。十株一小捆，十小捆扎一大捆，装入背篼。附近乡场我们都常去。这一次爸爸决定走远一点，去开发新的市场。反复比较的结果是去小河坝（西湖场）。小河坝场大，赶场的人也多。周围的青泊、黄泥、关胜、西泉等乡场都离得不远。这一带的农民也相对富裕一点点。不足之处是离家远一些。满打满算足足有60多里。初次走这么远的山路，爬山越岭还要过小河，最重要的是还得背着这么大背篼花椒秧苗。'我不怕。只要能卖掉，卖个好价钱。我什么都不怕。'

"第一次出远门卖东西，父母还是有些不放心。父亲陪我一起去。前一天下午就从家里出发，到离小河坝场15里的亲戚家住一宿。第二天早上在赶场的人们还没到之前赶到乡场是人们所说的'火炮场'。就是像放火炮一样，热闹那么短暂的一刻。赶场的人们来得快，散去得也快。必须抓住时机尽快卖掉手中的货物。在卖的速度和价格上权衡利弊。当然如何把东西全部都卖掉是首先要考虑的。万一为了每一株多卖一分两分钱，而导致剩下好多卖不掉，那就因小失大了。花椒秧卖不出去就只能扔了。这么远的路程又不能背回去。背回去，不只是又要费好多力气，并且经过这几番折腾，也栽不活了，损失就惨了。这一次我赚了6块多钱。有了第一次的经历，往后赶场就一个人去了。父亲也有他的事，不可能老是陪着我。人总是要长大，总是要离开父母的。不是吗？第二场赶真武场，第三场赶金紫场。金紫场离家30里，比较近，又能卖个比较好的价格。那一季，我去赶了好几次。

"1973年，有前几年去其他乡场卖花椒秧的经历垫底，这次卖旱烟（俗称叶子烟）就盘算着来个'大干'。一是旱烟价值大，一斤值几块钱。二是一次可以弄十斤八斤甚至二三十斤去卖。三是走远一点，去安富镇，在荣昌县呢，离江津几百里。"

听老辈人说，安富镇人对夹滩场的旱烟情有独钟。这相距四五百里地的两个乡场，咋就有这么一个奇怪的"联系"呢？为什么不是别的乡场和安富镇有联系呢？细问下李德良才明白，安富镇是全川，乃至全国都小有名气的"夏布之乡"，而夹滩在历史上也是苎麻之乡。农家妇女也织夏布。江津城里不是还有个"麻纱市"吗？安富商人常在夹滩采购苎麻、麻纱之类。"烟是和气草"，夹滩人常用的本地产旱烟也在安富有些名气了。"夹滩烟"在安富就成了品牌，受大家接受的、欢迎的品牌。于是，有了这"品牌"垫底，李德良对这次的安富行充满了向往与信心。

"我们家祖祖辈辈都种烟，积累了丰富的经验，尤其在什么时候施肥，施什么肥，施多少肥上都有'独门绝技'。而在烟叶的晾晒、烘烤上也别有一番方式方法。最奇特的是我们家的烟叶还要经过一个简单的'发酵'过程。本来在夹滩就可以卖得比别家的烟叶贵一些。我已长大了，也想去更远的地方见见世面。也看看我们家的烟叶在远一点的地方是不是仍受欢迎？能不能卖更高的价格呢？

"约上一起长大的好朋友朱道庆，各自背上各家产的旱烟，爬上去成都的火车顶，和那些做小生意的人们拥挤在一起。既刺激又期待，更多的是害怕。害怕从车顶上摔下来，也害怕被铁路工作人员赶下来。火车吭哧吭哧地跑了一夜，天亮时才到了安富镇。安富镇是个大镇，又在交通要道上，赶集的人特别多。我把烟往街沿石上一摆，漂亮的颜色，经过专门挤压规整过的烟把子四棱上线的外观，简单发酵之后的烟叶散发出来的特别香味儿吸引来好大一堆人。或许是我浓厚的夹滩口音起的作用也未为可知。反正我也狡狯了一回，故意大声武气地讲着夹滩话。我相信，夹滩口音会起到一个别样的广告效应。尤其对于那些'老烟哥们'。我也大方，任那些烟客们卷抽。瓦灰色的烟灰，淡蓝色的烟气儿，强烈而不辣口又不冲人甚至有些醇和却又厚重的味儿更是赢得人们的交口称赞。我大着胆子，叫了一个比夹滩场高得多的价，仍然被人们一抢而空。稍稍盘算了一下，除去成本费用，能赚个三四十元呢。朱道庆的销售情况就要差一些了，可也比在夹滩卖得好多了。"

古人云：纸上得来终觉浅，绝知此事要躬行。

李德良头脑中的关于市场、市场经济、价格、价值、利润等概念就这样在市场的洗礼、市场的摔打与锤炼中形成，完成了他的人生必修课的启蒙，为他以后的人生道路走得更坚实、更沉稳奠定了坚实的基础，少了缺少这样的锻炼与锤打的人们的浮躁与茫然。

先哲们说：人一辈子走不出他的童年。换句话说，童年的经历将影响人的一辈子。

于是才有了"人看从小"之说。

信然！

老谋深算

这是一个开"三干会"连一根板凳都没有，全体与会者只能席地而坐的乡。够穷的吧？非但如此，由全乡百姓投资投劳建起来的社队企业——金泉纸厂非但没有赚到一分钱，反倒亏损几十万，成为压在乡政府和全乡老百姓头上的一座异常沉重的大山，压得大家喘不过气来。

金泉乡的出路在哪里？

金泉乡什么时候才能摆脱困境？

面对这样的局面，围坐在一起满满一大桌的书记乡长们焦头烂额，束手无策。

谁能带领他们走出困境，走上脱贫致富的康庄大道？

人们盼啊盼啊，盼、盼、盼。

谁知道最后盼来了个乳臭未干的娃娃！一个七八年前还在金泉街头、金紫寺前卖花椒秧苗，从夹滩来的农家娃娃。

摇头、叹气、跺脚，失望弥漫在金泉人心头，萦绕在他们额头。

只有乡贤李策铭等少数几个人"不妨拭目以待"。

理由倒也说得过去："甘罗还十二拜相"嘛。"士别三日当刮目相看哟。""试玉要烧三日满，辨才须待七年期吗。试都没有试，你咋个就不知道别人不行呢？先验论么，先验论。"李策铭站了出来，放大了音量说。他才不管那些人爱听不爱听呢。

走马上任金泉乡党委书记的是"毛头小子"李德良。

1975年底，李德良成了李家六姐弟中第五个共产党员。"无产阶级只有解放全人类，才能最后解放自己"的崇高使命着实让年轻的李德良感到"使命光荣，责任重大"。坦率地说，在经年累月浓郁的发家致富家庭传统氛围熏陶中，在父兄手把手教诲下，再加上具有一定的文化知识，以及初生牛犊不怕虎的冲闯劲头，李德良正想甩开膀子大干一场呢。正像父亲所期望的那样："要干就要干出点儿名堂。"对此，李德良信心百倍。

这信心来自他在夹滩公社任党委副书记的锻炼，来自他在永丰乡任党委副书记的实践，来自他带领先锋区民工营参加县委县政府重点水利工程——清溪沟水库建设的辉煌业绩，来自他在五举乡任党委书记，主持全乡工作，独当一面的成功经验，来自上级领导的充分信任。不错，他还年轻，还是个"娃娃"。但这正是他的优势所在。年轻就少了中老年同志的暮气与疲惫。没有工作经验，也少了故步自封、因循守旧。他朝气蓬勃，勇于进取，有文化，又容易接受新鲜事物。

开创金泉乡的新局面，正需要这样一位朝气蓬勃，勇于进取，敢于斗争，敢于胜利的同志去开拓前进。上级领导看好李德良这个善于动脑子，处事既有年轻人的青春活力，敢于斗争、富于进取的开拓精神，又不乏中老年同志的沉稳老辣，成熟与睿智的"毛头小子"。无论从在民工营的工作，还是在夹滩、永丰、五举的工作实践来看，都有许多可圈可点的闪光点。在大风大浪中考察和识别干部，挑选和培养接班人从来就是我党的光荣传统，是保证党的事业后继有人的组织保证。上级领导看好这棵苗子。于是才把改变金泉这个先锋区最边远，相对自然条件又较差，离先锋区委区政府最远还贫穷的乡的面貌的重大任务交给了李德良这个年轻人。那一年李德良22岁。

这一年，辜文兴任高牙公社党委书记，大力推广该公社社办企业花果山林场成规模种植花椒的成功经验。

刚刚上任金泉乡党委书记的李德良听说以后感觉挺有意思的。怎么就这么巧呢？几年前他可是来金紫场卖过好多次花椒秧的啊，正好，去走访走访那些买了我花椒秧的农户现在情况如何。

要不要也在金泉乡推广规模化种植花椒呢？李德良颇感为难。不会有人会说我"假公济私"，推销我家培育的花椒秧苗吧？

说句实在话，作为一个公社党委书记提倡推广种植花椒，是不是恰当和必要，李德良从来就没有去思考过，完全是因为辜文兴在高牙公社推广种植花椒，把它当作一件大事来做，引起了李德良以及一大批区、公社领导同志的思考。在李德良的心目中，辜文兴可不是一般的公社党委书记。他可是当时的公社党委书记中为数不多的正经八百的大学生，又上过省委党校培训班，是有知识有文化见过世面的人。这意味着什么，大家心目中都是有数的。更何况听说他还受过高人——省农科院院长、党委罗书记的指点。这就非同一般了。

何况区委书记刘世誉和区长郑汉臣也对辜文兴的做法表示赞同，也决定在先锋公社试点取得实效后，在全区范围内推广开来。

到了那个时候再来在金泉公社推广？

反正现在也不是急于种植花椒的季节。撒种育秧也要明年开春以后去了。移栽？那得到后年去了。

也好，也好，我也趁着这段时间，学着辜文兴那样，找点有关书籍来看看，向农业林业专家们请教请教。李德良暗自思量。

不过，有一点主意他是拿定了：过几个月趁着冬闲时节，组织大队生产队干部和社员代表去高牙公社走走看看，学习他们的经验。为下一步花椒的规模化产业化种植做思想和舆论的准备。如果说发展花椒产业是长计划的话，那么短安排又该是什么呢？父亲的谆谆教诲又响在耳际："咱们庄户人家，一定要有长计划、短安排，才能应对随时可能出现的市场变化和包括自然灾害带来的变化，才能保证一家人不饿肚子。作为一个家庭是这样，作为一个生产队、一个大队、一个公社的当家人也应该是这样。家，不好当啊。不当家不知柴米贵！"——这是父亲在大儿子当上大队干部时的耳提面命。

在一旁站立的李德良也听下了、记住了。

如今，短安排该做点啥呢？李德良决定下去走走、看看。

调查研究去。没有调查研究就没有发言权。尽管金泉距离夹滩不过30里，但是种庄稼，往往不是以"里"为单位来分别，来决定种什么品种的。极端情况下，上块田种什么，下一块田却不一定适合种同样的东西。土壤条件不一定完全相同，因地制宜是农业生产最基本的耕种规律。

金泉这方土地适合种植海椒，百姓也有种植海椒的习惯。宜林则林，宜牧则牧。"在田坎上种海椒。"

"娃娃书记开黄腔了吗……"议论四起，"他懂个屁。一个二十出头的娃娃教我们种了四五十年庄稼的人如何种庄稼？搞倒了没有哦……"

"你们照他说的做没错！"是李老先生的话。要说庄稼把式，他可算得是一个。

　　田坎上种海椒，李家人辈辈代代都是这样做的。其好处显而易见：一是节约下成块的土地去种红薯之类作物。二是田坎上种的海椒，通风透气好。三是无需浇水，而且产量还高。

　　那么金泉老百姓中除李老先生等少数人外，大多数人为什么又不愿在田坎上种海椒呢？

　　就先锋区而言呢，金泉算是偏远山区乡，人均土地面积相对其他的乡宽一些，不在乎海椒种在田坎上节约下来的土地。再则田坎本来就窄，再在上面种海椒，海椒管理起来不方便，同时也给田里的庄稼管理增加不便。

　　人们哪里知道，李德良在下一盘大棋。

　　在这个世界上，任何事物都不可能单独地存在。此事物总是和彼事物相互影响相互作用的，并且这种关联又会发生发展变化。

　　李德良的盘算是：田坎上种豆子，收了豆子种海椒。农民取得更大的经济效益。将部分海椒挪到田坎上栽种，腾出地块种红薯。增加生猪饲养规模。猪粪下田，提高田的肥力的同时增加田里的微生物种类和数量。无论是稻田养鱼还是养鸭不都能增加农民收入吗？以后呢，如果不种红苕了，改种花椒不就有地了吗？如果把花椒种到田埂上，因为花椒有刺，人过不方便，牛过就更不方便了，甚至犁田时也还得担心花椒刺刺伤牛呢。

　　牵牛要牵牛鼻子。

　　请来具有崇高威望的乡贤李策铭，李德良将心中盘算一讲，锦囊妙计一抖擞，差点没让李老先生惊跳起来："谁说你还是乳臭未干的孩子？却原来你已是老谋深算的夫子！后生可畏，后生可畏哟！"

　　李策铭欣喜万分地走了。此后他逢人便讲他这次和年轻的乡党委书记交流摆谈的心得体会。

几年后，全乡年产干海椒20万公斤。这是个什么概念呢？如果用全乡总人口1万去除，那么人均20公斤。至于鸭子的产量，马岩二社一个社就达2000多只。一个姓刘的养鸭大户还出席了地区"先代会"呢。

几年后花椒产业也发展起来了，还涌现出许多花椒种植大户。那是后话。

一把米的鸡

稳定民心、增强信心的唯一办法是真抓实干，让民众得到实实在在的利益。农家有句俗语："儿要亲生，钱要落袋。"

曾经有人自视清高地鄙薄老百姓是"一把米的鸡"。然而往往也正是这样一帮子自命清高、财大气粗的人甚至连这"一把米"都不曾拿得出来过。空话、大话满天飞，就是不见把哪怕是"一把米"这样的实际利益给广大老百姓。

刚刚上任之初，公社书记的办公室根本就不能去。各种各样的矛盾、问题纠缠得人头昏脑涨，千头万绪。用句农村人的话说就是"一锅螺蛳都是头"。但万千矛盾中总有一个是主要的。抓住这个主要矛盾并解决掉，其他的矛盾也就迎刃而解了。

县委党校青年干部培训班没有白上。刻苦学习毛主席的《矛盾论》和《实践论》就用上了，打开了李德良的思路。

经过几年时间和老百姓一起实干巧干，尤其在巧干上动脑子下功夫，硬是让老百姓锅里煮的干了一些，称盐打油的钱筹措起来轻松了些。心里好受了些，就不再那么焦虑那么痛苦那么神魂不定。生活有了希望，乡村有了生气。

接下来腾出的手才用来收拾纸厂那个烂摊子。几十万元的债务，谁见了谁头疼，也令许多同志产生了畏难情绪，不愿来剃这个"癞痢头"。初生牛犊不怕虎的李德良临危受命，勇敢地挑起了这个公社党委书记的担子的同时，也接过了这个烂摊子。

到任之后之所以没有急于解决"纸厂"问题，也是因为有他的难言之隐：经验告诉他，凡是涉及商品生产、市场销售问题，都绕不过两大问题。一是因地制宜。这样才可能有独特的竞争优势。二是适销对路。这样才有市场前景，产品才卖得出去。这些在夹滩场、李家溪的"幼儿学""童子功"，融化在血液中的"生意经"无形中起了作用。令他没有急功近利，猴急舞跳地去"充能显摆"。而是静下心来，用比较长的时间去深入了解"金泉"和认识"金泉"。了解这个纸厂，认识这个纸厂，探索解决问题的办法。用"市场经济"的观念认识问题和处理问题成了一种自觉。

金泉纸厂亏损倒闭的根本原因就在于"比较优势"的丧失。如果孤立地看，当初决定建这么一个纸厂是合适的。但是如果和别的纸厂一比较，就没有竞争优势可言。最大的局限性在于金泉乡的山形地貌特征就是山高坡陡，道路崎岖狭窄。原材料的运进和产品的运出成本居高不下，并且还有不断增加的趋势。再加上环境污染严重。本来就利润微薄的造纸行业怎么经受得住这么折腾？不亏损才怪！那么金泉有没有得天独厚的自然资源优势？我们再充分利用这个优势，生产出具有市场竞争力的产品呢？金泉财政再也经不起折腾了，"只吃得起补药，吃不起泻药"。

泡石。

天然的耐火材料。

得天独厚。储量十分丰富。市场广阔。

"好！就是它了。"经过反复论证，李德良和他的同事们决定筹办一个"金泉耐火材料厂"。卖掉纸厂的残剩资产，作为耐火材料厂的启动资金。

随后又和成都铁路局重庆分局联营，合作创办一个米花糖厂，聘请江津米花糖厂师傅做技术指导。

后来又组建起一个建筑工程施工队，和重庆的有资质的建筑工程公司合作，承揽工程。

…………

乘着国家"大力发展乡镇企业"的政策东风，金泉乡的乡镇企业蓬蓬勃勃发展了起来。

机遇只垂青有准备的人。

难道不是吗？

那么李德良的准备是什么呢？

自然就是从小就历练出来的"市场经济"的经验啰。自然就是那融入血液、渗入基因的市场意识。父亲是这样的。凭着一双手一个脑袋撑起十口人的大家庭，硬生生地让这么个大家庭过上相对较为体面的生活。祖辈是这样。就是传到他这一辈，大哥也是这样。他李德良"自觉"地接受着市场的"洗礼"。父兄也有意识地将他推入市场的大风大浪中去"浴火"重生。

海椒的丰收丰盈了农民的腰包。仅海椒一项，全乡干海椒年产 20 万公斤，价值 100 多万元，收入多的农户达 1 万元以上。养稻田鸭的"鸭司令"刘绍云一年就出栏成鸭两千余只，收入几万元。还光荣出席永川地区的先代会。

乡镇企业挣回了大笔的款项，还清了因为纸厂等亏损而欠下的 20 余万元的债务。这如山的债务曾经让前几届的乡党委政府喘不过气来，把个"负重前行"演绎得淋漓尽致。李德良终于把它"推翻"了。剩下的钱干什么呢？一是乡里出钱买电杆、电线等电器设施设备，让村民家家户户用上电灯。二是解决村民的吃水问题。保证家家户户能喝上清洁卫生的水。三是修通连接外界的公路。实现了村民千百年来的愿望，可以乘坐班车去先锋去江津城。四是改善乡政府的办公条件，至少开个会呀什么的得有个板凳坐。席地而坐实在是有些让人尴尬。尤其是大冬天，坐地上时间一长，凉气从屁股沿背脊直逼头顶，没点毅力真还坚持不下来。

卓有成效的工作，增强了乡党委班子的凝聚力和向心力，把一个曾经涣散的后进乡党委硬是打造成了朝气蓬勃的先进班子，一个坚强的战斗堡垒。积极向党组织靠拢，争取入党的村民争先恐后。全乡党的组织以每年 20 多人的速度扩大。到李德良离开金泉的 10 年不到的时间里，金泉乡的党员人数由 200 来人增加到 450 余人。这为金泉乡的进一步腾飞做好了组织保证。一个党员一面旗。450 面红旗，呼呼啦啦，蔚为壮观。形成的滚滚洪流，锐不可当。

这些年来，我一直非常困惑"花椒之乡"的桂冠为什么会花落先锋，随即便演出一场"一花引来万花开"的精彩大戏。硬生生把江津全区打造成了全国最大的花椒产业基地，把花椒产业打造成重庆市最大最成功的扶贫产业。硬生生让 60 余万椒农挣到了钱，脱了贫，致了富。其中奥妙究竟在哪里？

我无数次地问。

我无数次地在先锋、吴滩、石门、慈云等镇行走，希望寻找到有说服力的、令人信服的答案。尽管很辛苦、很麻烦、很花时间，但是我同时也深深地知道，答案不可能在书斋、在文件堆里、在会议上。它只能在椒乡大地和椒乡百姓之中。于是我只能不断地在椒乡大地行走。

　　我是一个爱钻"牛角尖"的人，什么事情都会问个为什么，非得弄个水落石出不行。在椒乡大地行走中，有一个问题萦绕着我困惑着我：李德良凭什么在成百上千的镇街一级的领导干部中脱颖而出，于 1995 年 7 月进入江津市委领导班子？根据党的在实际工作中"考察和识别干部，挑选和培养接班人"的组织路线，除却他那摆在明面上的工作业绩以外，还有没有什么不易为人察觉到的"隐秘"呢？

　　人都有"探幽索隐"的嗜好，有人把它斥为"劣根性"，有人却对它赞美有加。正因为人有这一特性，人类社会才能不断地得以进步。对自然和自然规律的探索才得以不断地深入，从而更好地为人类社会服务。

　　我则不然。我弄清楚这些的目的是明白而坦诚的。只因为他进入市委常委班子之后，又恰恰分管农业和农村工作。说白了，就是得管江津的花椒产业。以后的江津花椒产业发展如何就直接与他的工作相联系了起来。而且这一管就是十几年。直到他 2012 年 2 月退出一线领导工作岗位，改任副巡视员，整整 17 年的时间。这是江津花椒产业大发展和由大到强的整个过程。

　　"王委员，你什么时候能抽点时间呢，我们一起去走走？"

　　王委员，先锋镇宣传委员王凤。为了花椒，我许多次麻烦她，我都有些不好意思了。

　　"刘老师，你什么时候来，我什么时候就有空。"

　　好温馨的话啊！直抵人心的最柔软处。令人直想哭。怎么说，别人也是副处级现职领导干部啊！而我只是一个退休老头，业余文学爱好者。在这讲究"对等接待"潜规则的社会大环境中，我自然会生出受宠若惊的感觉。

　　不过，我还真的没有每次去采访都通知她。做人嘛，不也得讲究个自觉，讲究个适可而止。老去麻烦别人也不是个事。

　　不过，请原谅我的又一个转折。这一次我是想到金紫村去走走，找几个村民聊聊天。一个问题困扰了我好几年，不弄清楚就再也忍受不住了：在重庆朝天门市场买块布料、买件衣服乃至其他的小百货，我转过来倒过去灌入耳朵的都是熟悉而又亲切的乡音。老板一声"老乡"，耳朵、心窝窝里都一阵滚烫。一问，"金紫寺的。"透着几分得意与自豪。"我们金紫乡有几百上千人在这里经商。你咋个不转过去倒过来都会听到江津话呢？"

匪夷所思又惊讶得人半天都合不拢嘴的是，几年后我去广州白马市场、红棉大楼和黄沙服装市场（那可是全球最大的服装、面料、配饰市场），在这数以十万计的商家的汪洋大海中，仍然不时有熟悉亲切的乡音响亮在耳畔。令人欣喜，让人热血偾张。又是金紫口音。"几年前，广州白马市场来重庆招商，光是我们金紫老乡就过来了二三百。你说咋个不到处都听到江津口音嘛！"老板娘边给我挑选衣服边介绍说。

我就不明白了，为什么无论是在重庆朝天门市场还是广州白马市场，会汇聚那么多的金紫人一起做生意？金紫乡是先锋镇中最偏远最贫困的山区乡，祖祖辈辈都是在土里刨食。"生意买卖眼睛花，锄头落地种庄稼。""耕深点儿，耘细点儿，秋收多打点儿。"就是他们的人生。无论如何也和生意没有一丝一毫的联系，但这些庄稼汉子，居然成百上千地跑到百里之外的重庆、千里之外的广州大做特做生意，并且还一个个红火得不行！这个转变也太过"陡峭"、太过"辣"眼睛了吧？太不可思议、太不可理喻了。

可是它就那么实实在在地存在着，摆在那里。

先哲们说：存在的都是合理的。

谁能给我一个"存在"的"理由"？它的"合理"性又在哪里？

我千百次地问，千百次地求。

问天天不应，求地地不灵。

谁也给不了我答案。

我只有自己一次又一次地去奇迹发生的地方找寻。

"仔细算来吗，好像是80年代初，我们金泉公社办纸厂，亏了本，欠债几十万。原本就舀水不沾瓢，开会连根板凳都没有的公社就更恼火了。全社干部群众都是灰心丧气，希望上级领导给我们派个能干点的人来领导我们，拨点资金来把那个窟窿填上。无债一身轻嘛。大家都挨那堆债压得喘不过气来。"

王委员带我去金紫村寻根究底。村里找来几个老头老太太跟我们摆龙门阵，一个姓杨的大爷慢慢吞吞说开了。

没有人打岔、阻止。

"结果，盼来了个前些年还曾经在我们金紫场卖花椒秧的娃娃书记。钱也没有带来。"

"人不可貌相，海水不可斗量。"

"你狠，你来，你来。"杨大爷瞥了那插话的人一眼。

"您说您说。"

"嘿，你还真别小瞧了这娃娃。他把我们公社的泥、木、石、盖、铁五匠组成个建筑队。没有资质，没有建筑经验，没有接受工程的联系渠道，但是我们有劳动力，有吃苦耐劳的精神，有基本的工匠技术。他去找重庆的建筑公司合作。建筑公司去承包工程，派工程师指导我们干。各发挥各的优势。钱不就赚到了？"

"我认为和重庆铁路局合作做米花糖生意还要妙些。"刚才给杨大爷熊了的刘大哥这才不失时机地说。

"重庆铁路局客运段提供市场，我们提供产品，这事儿就成了。你说我们也没有少去重庆，没有少乘火车，咋样就没有想过和火车站发生点什么关系？挣点钱呢？这娃娃厉害，眼睛里啥都是生意。到重庆和建筑公司谈判合作几回，就又找到一个生财之道。"

"你啥子都晓得，那么李书记最有名的话你又记得住几句呢？"显然，杨大爷对姓刘的大哥生怕他的话落地要沾灰似的赶紧接上来有点生气。

"都过去几十年了，哪个还记得哟！"

"市场经济市场经济，有市场就有经济。"

"一屋两头坐，生意各做各。"

"做生意也讲究合作。一个人是死人。两个人是活人。三个人就是仙人。发挥各自优势，合作起来就能办大事。"

…………

大家七嘴八舌。

"我认为李书记带领我们赚了多少钱还是次要的，主要是开启了我们的思维。带领我们这些土农伙到重庆闯市场。这个机关进，那个商场出，胆子练大了，脸皮练厚了。开了眼界，提振了信心。就是到重庆城里去搞建筑的，送货到重庆火车站货运室去交的，去去来来次数多了，也不再怯生生羞答答、畏畏缩缩了。腰直了，人也大大方方、堂堂正正的了。"老刘大哥到底是曾经当过基层干部，跟着李书记出去的机会多一些，近水楼台先得月。也是金紫乡早一点富起来的一批人之一。

在重庆搞建筑挣了钱后的汉子们关了工资后的第一件事情就是去朝天门市场，给老婆孩子买衣服、鞋子、针头线脑，等等。家属们进城的第一件事也是逛朝天门市场，给自己买，给家里人买，给邻居朋友亲戚捎带。

村民们高兴，李德良也高兴。一次，李德良和一个王家媳妇开玩笑："我看你们两口子呀，重庆一趟，金紫一趟，要转几道车，实在是麻烦。干脆在重庆城里找个小生意做算了。两口子生活在一起，多好呀！"

"好倒是好。你看我这笨棰棰样子，能做个啥子生意哟！"

"我看就在朝天门卖服装就挺好。"

"是不是哟？"

"你年轻，又有文化，人也漂亮，嘴巴还来得。"

"我们乡巴佬，长期淤在农村，都淤憨了。"

"先去帮人卖衣服嘛。我在朝天门市场转悠，看到好多摊位都在招导购。学到经验了，摸清货源渠道了，就自己出来单独干。"

"要得。要得。"王家媳妇仔细想了想，"吔，硬还是个好办法呐。"

有实绩摆在那里，有实实在在的利益享受着。李德良赢得了金泉公社老百姓的高度信任。何况今天的谈话又那么的中肯，那么的符合客观实际、切实可行呢？

她看到新的希望。"谢谢书记。没想到李书记对做生意还真的有一套呐。"

再过一些日子，男人们也去了，从那以后金泉儿女便邀邀约约去闯天下了。这一闯，还真的闯出一片天地来了。

有一种滋味叫辛酸

绣庄，顾名思义，刺绣之村庄是也。历史上此地就以盛产蚕桑、苎麻而闻名遐迩。争奇斗艳的绣品和同样争奇斗艳的绣娘就应运而生了。是为一方水土养育一方人吗。灵山秀水自然养育出一代代灵秀的女人，绣出令世俗叹为观止的精美绣品。不过，匪夷所思的是山水怎么就独厚这逼仄的方圆几十里呀。为什么偏偏是包括这鹤山坪东坡和坡下杨家店、周家湾在内的一个普普通通的小山庄呢？

在广袤的中华大地上，一山一水一村一寨都会有一个名字，而每一个名字后面都有一个或令人怦然心动或令人神思遐想或韵味悠远的故事。

话说有明一朝，皇太后 60 大寿。太后平生最爱绣品。皇帝投其所好，遍征天下绣品作为礼物敬献老母。天下四大名绣：苏、粤、湘、蜀。各省官员不敢怠慢，精心选择，虔诚进献。川督自然不敢马虎大意。尽管他内心的确是不以为意的。原因很简单，皇帝乃皖籍人士，和江浙山水相依，习俗相近，自然对苏绣情有独钟。蜀绣虽佳，却少了苏绣的妩媚与娇艳。但是为了表达对皇上的崇敬之情，他仍然成都绵阳南充内江各处巡访，遍选蜀地绣品佳作。万万没有想到他在渝州府巡游时看中了府尹家中的一件珍藏绣品，强行征去作为川省代表作敬献皇上。更加令人匪夷所思的是居然博得皇太后慈颜大悦，赞不绝口，爱不释手。更令人意外的是她竟然要把此绣品的作者调至皇室，陪侍在身边。她要看看究竟是什么样子的绣娘，居然能够绣出如此巧夺天工的绣品。她要看看这个绣娘是如何构图选色配线，如何操作的。更要看看摸摸那双神奇的手。

皇帝圣旨一下，川督渝尹岂敢怠慢？渝尹也是偶然在市场购得那绣品。如今皇上圣旨传下，急调绣娘，尽管得费九牛二虎之力，总算在江津县城附近的鹤山坪山下周家湾找到绣制那件作品的绣娘周三妹。其实找到周三妹并不太难，因为她早已在这一带小有名气。也不管她愿意不愿意，强行遣送上京城。

急如星火就往北京送。当时正值暑热季节。京渝相距千里万里，虽是农家女子，但是七岁跟娘学绣花，成天关在绣房，何曾长途跋涉？车马劳顿更加暑热难耐，又加三寸金莲，举步维艰。原本就身单体薄、弱不禁风再加水土不服，未抵京城便一病不起，以致最后殁于途。

太后闻讯，暗自神伤，茶饭无心。皇帝心疼母亲，遂命川督，搜尽周家绣品，恭呈皇太后，聊表慰藉。之后下旨，周三小姐所在村庄命名为"绣庄"。此庄所产之绣品，悉数当贡品，供皇室御用。

斗转星移，几百年过去了，周家屋基还在，屋后水井还在。尽管物是人非，可是名声在外的绣庄仍然吸引着络绎不绝的参观者。凡去绣庄的外地商贾宾客也会情不自禁地掬一捧井水，滋润喉咙，浸润心田，沾一点这方土地的灵气、仙气、人气、文气和运气。

李德良是绣庄的外孙。外公外婆的家就在离周家湾不远的地方。那是先锋花椒的发祥之地。当年的区委书记刘世誉和区长郑汉臣就是在这个村开始带着群众试着规模化种植花椒的。那时这里的果园大队只是现在的绣庄村的一部分而已。此番回来，他是要请外叔公、外叔婆们，舅舅们，姨妈们，老表们和表侄们谈谈花椒的前世今生，和种植花椒的酸甜苦辣，以及对花椒前景的展望的。自然也想探寻一下这绣庄和花椒有没有点联系，又是什么样的联系？有好多问题时常搅扰得他夜不能寐。群众是真正的英雄。问计于民，问策于众。

那还是初中一年级，李德良背上父亲给他准备好的装满花椒秧的背篼，到离家四五十里的仁沱场卖花椒秧。他必须提前一天来到外婆家住，第二天早上从外婆家出发去仁沱。外婆怕他孤单，还特别让邻居家的周四和他一起去。周四卖柑橘秧苗，经常去仁沱。这一带的农民有培育种苗的传统习惯。大名鼎鼎的"先锋鹅蛋柑"就是这里的柑农在20世纪二三十年代培育成功的。随着鹅蛋柑的名扬四海，鹅蛋柑苗也成了市场紧俏货。

这是不是受绣娘独出心裁、敢于冒尖的精益求精精神影响的结果呢？——要做就做到最好。不然就不好解释在那烽火连天、生灵涂炭的岁月里，这方土地上的普通得不能再普通的农民居然培养出举世无双的柑橘品种！彪炳史册，长盛不衰！

不然就不好解释1978年马昭君从云南回来，别的东西不带，偏偏就带回来五株花椒开始试种成功。就是这具有粒大、产量高、皮壳厚、麻香味浓郁等优势的云南花椒却也难免会有一些局限性。马昭君等聪明智慧的绣庄人独出心裁地将它作为父本，和具备耐干旱贫瘠、生命力顽强的特性的本地花椒

（作为母本）嫁接，经过几年的努力，终于使得一个带有强烈的先锋地方特色又兼收外地花椒优势的崭新花椒品种诞生了。生逢其时的"先锋花椒"一呱呱落地，就立即受到广大椒农和市场的欢迎。

但是这种发展速度离广大农民群众迅速"脱贫致富奔小康"的愿望还是远了一些。"以人民群众对美好生活的向往为奋斗目标"的先锋镇党委深感责任重大，时不我待，在党委书记余泳海、镇长杨兴泉的带领下，组织全镇机关干部和企事业单位职工捐款，镇政府也在极度困难的条件下动用财政资金购买花椒苗，一改以往派送到农户家庭的方式，而是镇机关干部和单位职工分成 26 个工作组，分赴 26 个花椒重点发展片区义务劳动，和当地村民群众一起栽种花椒。绣庄村自然是这 26 个花椒发展的重点片区之一。

其心之诚，其意之切，其情之炽，天地可鉴！

可是就有人偏偏不领这个情：花椒可以当饭吃吗？大家都种花椒，以后卖给哪个？到时候哭都哭不出来。振振有词，冷面以对！

她，何时芳（化名），绣庄村村民，有名的贫困户。

绣庄村也有这样的村民，还真是大出人们的意料。更令人意外的是这个女人的行为之极端简直令人咋舌：镇机关干部在前面挖坑、栽花椒秧苗、培土浇水。可他们一离开，就是这个何时芳，居然毫不客气地在后面骂骂咧咧，边骂边拔边折枝掰丫。

直令义务劳动的机关干部们好生辛酸！

明明是为她好的，为其他千百万人求之不得的好事情啊，她为什么那么不理解呢？并且动作是那么的粗野和蛮横。这不是当场就让人下不来台，打人脸吗？况且在此之前，村党委书记吴开芬没有少做工作。不是还答应了下来的吗？这脸怎么说变就变了呢？比翻书还要快哦！

农村工作之艰难，由此可见一斑！

"唉……"

打不得骂不得，气不是怄不是，除了长长地叹气之外还能做什么呢？

何时芳的过分已经不是第一次了。

好在机关干部们并没有在意。你扯你的，我栽我的。他们似乎相信"诚能感天撼地"的古训。"以诚取信"是出发前领导的叮嘱。

没有别的办法！

只有苦口婆心。

只因为共产党员、党的基层党组织的责任：致富路上绝对不能落下一个人。

村民袁晓梅家以前是有名的贫困户，可是在村党委的帮助下种花椒，一年就获益两万七，一举就摘掉了贫困户帽子。撤并前的果园村是吃粮靠救济、用钱靠贷款的穷得"水都不沾瓢"的村子，因为种花椒而成为远近闻名的富裕村。……都说"榜样的力量是无穷的"，这些发生在何时芳身边的人和事，何时芳是亲眼所见亲耳所闻。吴开芬也没有少讲给她听。可是"一花引来万花开"的文人语言在这里受到嘲讽，跌了个大跟斗。

"她是她，我是我。各吃各的饭，各放各的屁！我为什么要和他们一样？"几句话硬邦邦地甩过来，差点没把人给噎背气，把人给憋死。

这个姓何的女人并没有到此为止。

"欢喜不知愁来到，倒霉不知哪一天。""别看他现在干得欢，不知啥时候拉清单。"

说完之后，鼻孔里还喷出一个"哼"！

吴开芬陷入沉沉的思虑之中。

从来就没有一把钥匙打开千把锁的便宜事。如有，那锁还有意义？有存在的价值？世上没有完全相同的两片叶子，何况是比树叶复杂无数倍的人呢？做群众工作，只能一人一策。而耐心信心和细致更是不可或缺的重要组成部分。

女人最了解女人。

大家都是从曾经的饥荒年代过来的人，最是知道"吃饱饭才是天下第一要紧的事情"。有道是"民以食为先"！何时芳的后顾之忧不是没有道理。自然，花椒不能当饭吃。所以我们始终坚持在"饭碗必须牢牢掌握在自己手中"这个大前提下发展其他经济林、果、蔬、肉、蛋、奶等，坚持基本农田必须保障的原则。粮田沃土坚持种粮食，保持粮食种植面积不变，并且逐步扩大。我们用来种植花椒等经济林果的地是那些坡度大于 20 度的退耕还林地。只是这林并不是一般意义上的树林，而是既能有效防止水土流失，又有较好经济收益的花椒罢了。在绣庄村，在先锋镇，土地破碎，山坡多，石滩滩地上土壤瘠薄，石谷子地特多是其特色。此外呢，这一带夏季不仅是时间特别长，气温还特别高。这些都极其不利于农作物的生长，更别说高产稳产了。而花椒的耐干旱耐贫瘠耐病虫害以及易于管理等特殊性正好适合在这种客观环境种植。我们来个"腾笼换鸟"，把原来栽种亩产三五百斤的红苕，二三百斤的高粱或者一两百斤小麦的土地，栽种亩产达五六百斤的花椒，产值增加好多倍，又何乐而不为呢？你硬是怕钱多了压手吗？

又说市场问题。大家都种花椒，以后卖给哪一个？

这个忧虑不是没有道理。谷贱伤农的事情时有发生。椒贱伤农的事情就不会发生？大家一窝蜂地种花椒，市场容量究竟如何呢？椒农心中无数啊。这个问题不讲清楚，又如何说服自己，说服何时芳们放心大胆、心无旁骛地去发展花椒生产呢？

毋庸置疑，花椒是原产于我国的八大香料调味品之一。早在秦汉时期就深得普通百姓乃至皇室的喜爱。甚至于在此之前的春秋战国时期就在《诗经·周颂》中有记"有椒其馨，胡考之宁"。是说放了花椒的饭菜，甚至神灵吃了也高高兴兴的。这样就能帮助国家光大，保佑百姓平安长寿了。

乖乖，小小的花椒居然和家国情怀相关联了起来。

到了西汉时期，刘氏王朝更是把未央宫皇后居室称作"椒室"。汉成帝还特别命人将自己与爱妃赵飞燕同欢共第之室用椒液涂满四壁，取其室温气正之优。这里花椒又有了"香熏之料"的用途。从此中华词典中又多了"椒房之宠"的成语典故。

且不说全国作为调味品的花椒市场需求至少在四五万吨，而目前可供量不足两万吨，缺口是巨大的。何况随着人们生活水平的不断提高，作为调味品的花椒市场需求量将越来越大呢！

作为香料，更是一个"广阔无垠的领域"。其香气独特，具有清爽清新、淡雅悠然等特性，直令人愉悦舒然。

而它所具有的医药保健功能，更是有待开发的处女地。尽管从《黄帝内经》到《本草纲目》都有记载和论述，但是都没有得到过大规模的开发和利用。无论是从驱寒暖胃，杀菌消毒，防虫驱蚊，缓解糖尿病，治疗宫寒不孕不育，治疗冻疮还是治疗痛经等妇科疾病的哪个方面着手研究开发，不都可以派生出一个大的产业吗？

这还不包括花椒籽、花椒叶、花椒根甚至花椒枝干。花椒籽的出油率，甚至比花椒皮壳更高。花椒叶可以做成十分受人欢迎的美味佳肴！

…………

一个普通的农村妇女，一个普通的共产党员，一个普通的基层党务工作者，为了党的"带领广大农民群众脱贫致富奔小康"而孜孜不倦地工作着，追求着。没有少在"把花椒产业打造成实现广大农民群众脱贫致富奔小康的支柱产业"的进程中下苦功夫、硬功夫、实功夫。"我硬是要把花椒相关的知识技能钻深研透。打铁还需自身硬嘛。以其昏昏，使人昭昭是不行的。"

功夫不负有心人，经过长时间的不断学习、总结和向来镇来村的有关专家学者的虚心请教，她终于把自己打造成了"花椒之乡的花椒人"。

何时芳啊，你听进去了吗？你体会到了那颗不让在脱贫致富路上一个人掉队的心的火热与赤诚了吗？

李德良无法去求证何时芳内心深处是心潮起伏澎湃呢，还是波澜不惊？抑或死水微澜。他试图探出究竟，但是吴开芬阻止了。"还提那些陈谷子烂芝麻的事干吗呢？打人还不打脸呢。"

走访中，李德良只知道，何时芳的干坡坡石谷子地上种上了花椒。早已把贫困户的帽子挂在花椒树上，给山风吹得无影无踪了。

不过，吴书记还是告诉了他一个小秘密：解放军驻津部队官兵来帮助我们村民脱贫致富奔小康，帮助村民爆破、挖坑、栽种、培土、浇水。这一次何时芳没有"别人在前面栽，她在后面拔"，另加骂骂咧咧、絮絮叨叨。

是碍于解放军的面子？还是因为吴开芬无数次苦口婆心、坚持不懈的努力？

人们不得而知。

反正这次的何时芳和和气气，对解放军的辛苦付出感激不已。

反正是在脱贫致富奔小康路上，何时芳没有落下。

吴开芬心里说不出的舒爽、快意。

李德良听着村民的讲述，既为我们党有吴开芬这样兢兢业业为党的事业默默奉献的基层党务工作者而高兴，又深感自己肩上的责任重大。

有一个词叫"问题导向"

没有"我站在猎猎风中，剑在手"的豪情万丈，也没有"大风起兮云飞扬"的雄心壮志，甚至连振臂高呼"跟我来"的热血沸腾都没有。尽管带领百万农民群众实现脱贫致富奔小康，也是一场大仗恶仗。

没有就职演说，也没有所谓的"新官上任三把火"，甚至连只有亲朋故旧参加的"升迁宴"也没有。尽管是由仁沱镇党委书记晋升为江津市委常委，确实是进了一大步。

心中默默念叨的是"战士的责任重"，是"不忘初心、牢记使命"。

晋级，就意味着责任的加重。不是吗，以前思虑的是仁沱一镇五万村民的喜怒哀乐、吃饱穿暖，有没有钱用。如今考虑的是全市百万村民的脱贫攻坚战如何才能取得最后胜利。

生于乡村长于乡村又在乡村工作几十年的李德良深深地知道，农村工作的要诀是耐心细心恒心和热心。村民群众最怕的是那种"决策拍脑袋，决心拍胸脯，搞砸拍屁股"的"三拍"干部所表现出来的"大轰大嗡"。这不仅是个方法问题、工作作风问题，更是一个情感问题、责任问题，甚至党性原则问题。因为一旦事情搞砸，就是党在农村的形象受损，就是百姓遭殃的大问题。其后果都得由村民承担着啊！你非但没有"为官一任造福一方"，反而是祸害一方百姓啊！你还配做一个共产党员、一个党的领导干部？

我们的村民吃那种"乱决策，瞎指挥"的亏还少了吗？

"穿钉鞋，拄拐杖"，祖辈的叮嘱从来没有如此强烈地在耳边震响。百万农民的福祉啊！岂敢吊儿郎当！带领全市百万村民"坚决打赢扶贫攻坚仗"历史责任压在双肩，把个"负重前行"诠释得精彩恰当。

可又不能因任重道远而畏首畏尾、裹足不前。

怎么办呢？千里之行始于足下。

有一个词叫作"问题导向"。

对。就是它了——问题导向。

江津花椒作为帮助农民脱贫致富奔小康的农业支柱产业打造，已经有十几年的历史了。一届又一届的江津县（市）委领导全县（市）百万农民开掘进取，矢志不移，扭住花椒这个为实践反复证明确实能够带领广大农民群众脱贫致富，增产增收有保障，生命力顽强又前景十分广阔的产业不放。终于开创出一片崭新的天地。江津的花椒产业上了规模、上了档次，在全国也有了相当的影响，名声在外。

如何在已有的前几届领导打下的厚实的基础上，"向生产的深度和广度进军"，把江津的花椒产业做得更大更强，让更多的农民在花椒产业的做大做强中得到更多的实惠，更快地脱贫致富，让已经脱贫致富的椒农的富裕程度再上一个新的台阶。这是摆在李德良面前迫切需要解决的问题。

"问题导向"——我们党的优良传统，为长期的革命斗争实践反复证实了的能够把我们的革命斗争一步步推向深入，夺取一个又一个胜利的行之有效的工作方法。

一定要善于提出问题，发现问题。俗话说，提出问题，就等于问题解决了一半。"问题"把我们的工作一步步引向了深入，引向了广博。那么制约江津花椒产业进一步做大做强的问题都有些什么？解决问题的办法又在哪里？

听取汇报，查阅文件、资料是十分必要的。"站在巨人的肩膀上"嘛。这方便概略的宏观了解和把握。同时，仅限于此又是十分不够的。俗话说"纸上得来终觉浅，绝知此事要躬行"。毛主席教育我们党的同志要善于"解剖麻雀"。

"对，就这样干。"李德良照着毛主席当年的样子调查研究，去解剖麻雀了——他选了全市花椒产业发展较好的先锋镇，选择了夹滩村，沉下去。赶乡场，走农户，到院坝，钻椒林。当然也去镇党政办公室，进村办公室、村民小组，去"解剖麻雀"。

选择夹滩村，只是因为那是他的出生地，山水熟，亲朋故友多。选择先锋，一则是江津花椒肇始之地，同时也是他的外婆之乡，舅、姨、老表弟兄姐妹多，这些都为他了解真实情况提供了方便，便于听到"掏心窝子的话"。

这是调查研究最为紧要的问题。调查研究最是忌讳文过饰非，调查对象拿些假话空话应付你、哄骗你，或者"打哈哈"，说些不着边际的话。让你气不是恼不是，哭笑不得。彼此交心？谈何容易。要让彼此陌生的双方建立起信任，到彼此交心、无话不说的程度，这是需要一个过程的。一句丑陋却又流传千百年的"逢人只说三分话，未可全抛一片心"及"知人知面不知心"的俗语把人与人的心隔膜了起来。"防人之心不可无"，又在人与人之间筑起了一道厚厚的"墙"。要拆除这些"樊篱"，又谈何容易。时不我待。李德良必须尽快地了解阻碍江津花椒产业迅速发展壮大做强的问题都有些什么，解决这些问题的办法又在哪里。都说群众是真正的英雄，他当然得问计于民啰。

一次又一次地走下去。

一次又一次地趁着亲戚朋友来家做客，或者进城办事的机会，找他们摆摆龙门阵，谈谈家长里短。其间不动声色地了解一些关于花椒的信息，更邀请先锋镇里、夹滩村里，以及他曾经工作过的永丰、双石、金紫、仁沱的同志来办公室坐坐、聊聊。渐渐地，李德良心中有了些数。

也有意外的惊喜。

有一句话怎么说来着？——众里寻他千百度，蓦然回首，那人却在，灯火阑珊处。

江南职高！江南职高！

我们怎么就把它忘记了呢？在夹滩场转悠，李德良偶然碰到江南职高的书记李定超。在和他的谈话中得知：自从1992年以来，学校招生严重不足，大量教学资源闲置。尤其是几十位涉农专业的师资长期以来闲置，不只是造成人才资源的浪费，更增加了学校管理的困难。

"能不能将我们的农村基层干部、我们的椒农分期分批地送到你们学校培训一下呢？开一些农业产业化、集约化、科学化、环保化、市场经济、市场营销、花椒栽培技术、合理施肥、花椒加工、病虫害防治等课程呢？这样一来，不就既盘活了闲置资源，又推动了当地花椒产业的发展，还同时为乡村职业技术学校的发展开辟出一条新路？一举多得的好事我们何乐而不为呢？"

江南职高一直就在那儿。

李德良豁然开朗了。"科教兴椒"，多好的一条振兴江津花椒产业之路啊！困扰、折磨了他好久好久的一些问题，突然就找到了解决的办法，怎不令他欣喜万分。

思路决定出路。

科教、科教，科和教相联系，又各有侧重。至于科学技术之于花椒，他已经另有思路。如今就集中精力解决"教"的问题。饭，要一口一口地吃。

以前是农业农村工作办公室的同志们在推广花椒种植的新技术新经验，在培养广大农民群众的市场经济意识，推广农业产业化集约化科学化环保化等方面由于缺乏老师，缺乏机制，缺乏教材，缺乏一定的教学环境、教学氛围等困难重重，步履艰难，成效十分有限。而江南职高呢，又因为招生困难，大量教育教学资源闲置，造成了大量的人力物力的浪费，给学校的生存发展造成了危机。

如今，李德良以市委领导、分管农业农村工作的负责人的身份将市农办、市教委以及江南职高的同志找到一起商量，如何"两手合一捧"地协调合作起来，把江津市"农业产业化培训基地"办起来。反正，市农业产业化培训基地按上级的要求，更是推动农业发展的需要，早晚都是得办的。晚办当然不如早办，早办早受益。早办可以抢得市场先机。如今可以充分利用江南职高的教育教学资源，把江津市农业产业化培训基地办在江南职高。这样一来，也避免了市里另起炉灶新开锡。"一锅费柴两锅费米"，造成资源的浪费。同时也争取了时间。

"多少事，从来急；天地转，光阴迫。一万年太久，只争朝夕。"多少机会就在拖延和疲沓、议而不决之中给拖"黄"搅"散"了。那不是李德良的脾气性格，也早已不适应党的"扶贫攻坚"任务限期完成的要求。

说干就干。经过一段时间的筹备，经江津市人民政府批准，"江津市农业产业化培训基地"就在江南职高建立了。培训基地的办学模式是：江津市农业办公室、江津市教委主办，江南职高承办。邀请市委组织部、市政协农业委员会、教科文卫委员会、市人大农工委、《江津日报》社等部门协办。体制上隶属于市教委。教学业务和相关工作主要由市农办负责指导。首期由市农办、市教委投资300万元，改善基地的办学条件。基地的基本任务是：培训人才，推广科技，传播信息，指导农业产业化。基地坚持理论联系实际的教学原则，抓住"更新观念、学好技术、增收致富"三个重要环节，为江津农业产业化发展，促进脱贫致富奔小康提供坚强保障。

仅仅在1999年至2000年的一年时间里，培训基地就培训了村社干部、农业技术员、专业大户以及农业经纪人等5300多人。

培训的效果是十分明显的。

作为江津农业产业化的骨干项目，农民实现脱贫致富奔小康的主要抓手的江津花椒产业，由于相当部分农民（例如何时芳）对花椒的市场前景心里没底，充满疑虑和担心，又缺乏种植技术，故而观望、徘徊、裹足不前，致使整个花椒产业发展步履维艰，以至于经过了20年的艰苦努力，全市花椒种植面积也只不过区区5万亩。基地培训使广大农民群众掌握了新的种植技术，看到了花椒发展的光明前景，从而充满信心和希望，于是干劲十足，再加上其他促进花椒发展的政策措施的实施，仅仅一年的时间里，全市花椒种植面积超过了10万亩，一年超过以前的20年，受训椒农经济效益明显提升。例如绣庄村六组的种椒大户况远全，1998年花椒收入58000元。受训后的1999年，他的花椒收入就超过78000元。

培训基地的教师由：一是各级领导干部，二是校内外专业技术人员，三是大专院校科研院所的专家学者，四是农村经济发展的带头人等四大方面人士组成实力雄厚的队伍，是为"名师出高徒"。

市委、市人大、市政府、市政协的主要领导以及部门领导高度重视培训工作。据不完全统计，仅仅只是 1999 年和 2000 年，来基地授课、作报告的市级领导和部门领导就达 100 多人次。其中就包括市委 7 名常委、市人大 3 名正副主任、市政府 4 名正副市长、市政协 8 名正副主任。

市领导和部门领导的亲执教鞭、释疑解惑，极大地鼓舞了参训人员的学习积极性。在学的刻苦钻研，争分夺秒地投入到理论学习和实践操作之中。没有参加的农民朋友则争先恐后报名参加。

参加了学习培训和没有参加学习培训的效果是大不一样的。培训基地开始培训的 1999 年全县农民人均增收较上一年多 80 元。2000 年又在上一年的基础上再增加 83 元。分别比重庆市农民人均多增收 42 元和 26 元。2000 年江津先后荣获重庆市农业综合开发一等奖、造林绿化一等奖，并获得农科教百千万工程示范县、全国科技兴农与可持续发展综合示范县、全国农村经济综合信息示范县等荣誉称号。

更加令人瞠目结舌的是，培训基地建设还催生出一个崭新的全国唯一的"九叶青花椒栽培技术教育产业"。到 2017 年，从这个产业培训基地走出的上百位江津九叶青花椒栽培的行家里手活跃在全国 20 多个省市的九叶青花椒种植基地，手把手地教着当地农民花椒种植技术。传递着江津人民的深情厚谊的同时，也挣回了成千上万的钞票。例如吴滩镇就有 20 多位椒农应邀去外地讲学，教当地椒农种椒技术。一年就挣回六七万元的劳务报酬。更有甚者，竟然被授予当地市民的荣誉称号！

他们把"先当学生，后当先生"的古训诠释得淋漓尽致。不是吗，这些走出去传经送宝的"先生"无一不是从"江津市农业产业化培训基地"走出去的学生。况且，他们在当了一段时间的先生之后，又来到基地"充电，加油，提高"。即行话讲的"回炉""进修"。新技术飞速发展，新观念层出不穷。不学习，能行吗？

从培训基地走出了一大批种椒能手、加工能手、销售能手。例如先锋镇绣庄村的肖国其一人就年收购销售了花椒 30 万公斤，纯收入达 36 万余元。李市镇牌坊村椒农何德富鲜椒亩产达到 1612 斤。按一斤鲜椒 5 元算，他一亩花椒收入就达 8000 多元。

骄人的成绩自然得到广大椒农的欢迎，椒农们争先恐后地报名参加培训，一年七八千人参加培训，差点没把培训基地给挤爆。

椒农要求参加培训的积极性实在太高了。为了满足椒农们迫切学习新科学新技术的要求，先锋、李市、石门、白沙、朱杨等镇街干脆自己组织办起了阳光工程花椒产业培训班，一期又一期，仅仅在 2009 年 1—9 月的几个月时间里就办了 28 期。请来市农办的种椒专职老师以及在江南职高市农业产业化培训基地受过训，又有真才实学，实践经验丰富的种椒能手当老师。

"还是科学技术值钱啊！"先锋农民钟少玉种了 4 亩地的花椒，共 800 株，一年就收入了 4 万元。平均每亩收入 1 万元啊！1 万元，可不是个小数目。钟少玉捧着一大沓钞票，不无感慨地说。

花椒，半年的活儿，就是说干半年耍半年。一个椒农干半年，挣回 4 万元，也够可以的。

这还是 2009 年的事情。而到了 10 年以后的 2019 年，先锋全镇花椒投产 12.8 万亩，产椒 9.6 万吨，产值 12 亿元。几近亩产值 1 万元。这在全镇范围，12 万多亩的大面积，取得这样的效益，是够惊人的了吧？而先锋全镇人口，也不论大人小孩，也不论种不种花椒，仅花椒一人年收入就达两万元。李德良拿到有这个数据的党媒刊物，高兴地报喜。尽管他早已退休在家，可是他一直关心着江津花椒产业——这是后话。

桃李不言，下自成蹊。李德良从来没有向人提及过这个基地建设的事情。有什么好说的呢？使命担当，职责所系。可是就是这样的一个决策，对江津花椒产业的持续发展有着决定性的意义。甚至有人认为江津花椒产业的不可追，换句话说不惧怕任何竞争，这个产业培训基地的建设具有举足轻重的作用，是最重要的底牌之一，用句时髦的话说叫作"得天独厚"，在中国另外两个花椒基地没有"江南职高"。对于江南职高的发展而言，这也是关键性的一举。更为其一举夺得"国家级重点职业技术学校"的桂冠起到决定性的作用。江南职高校长刘世康多次出席国家级中职教育会议并作经验交流，为地处乡村的中等职业技术学校教育闯出了一条新路。这是一个多赢的典型。

一招鲜，吃遍天

古人的教训：一招鲜，吃遍天。简单明了至极，通俗易懂至极，却又深刻坚定不容置疑至极，一针见血地指出市场经济的亘古不变的真谛。那么这一招又是什么呢？

产品质量！

产品质量过得硬，就可以走遍天下无敌手，就是市场的宠儿。

李德良在培训班上的讲座就从"不断提高江津花椒质量，创立江津花椒品牌"讲起。

"就在这江南职高所在的夹滩场，儿时的我跟随父兄卖过花椒和花椒苗，也卖过柑橘和柑橘苗，还卖过烤烟……"从他的亲身经历讲起，讲述他们家所生产的花椒、柑橘、柑橘苗以及烤烟因为品质优良而深受市场青睐的悠悠往事，更谈及"先锋鹅蛋柑""永丰大红袍"因为名声在外，无论在真武仁沱还是綦江巴县都十分畅销，供不应求。只遗憾年岁太小，路途太远，背不了多少。他深深地感受到了"品牌"的非凡意义。有句话说：一个人无论他有多大的年纪，却永远也走不出童年。品牌、品牌、品牌，成了他无论在哪里任职，也无论是任什么职的永恒话题。品牌是产品质量的标志。质量是品牌的根基。令人十分欣喜的是江津花椒经历 20 年的风雨，通过包括西南农大和重庆农科、林科院所的专家教授和本土的刘汝乾、肖国林等高级农艺师的共同努力、刻苦钻研、反复实践，在县区社村队各级领导的精心呵护、竭诚支持下，终于培育成功了只属于江津地域的"九叶青"花椒。它甫一出现，就以其卓尔不群的优秀品质，耐旱耐贫瘠少病虫害和比其他品种花椒提前两年挂果，丰果期延长 10年以上等优势傲视群雄，更由于富硒微量元素而使得其他品牌花椒自惭形秽。近些年，在江津花椒产业发展的基础上，顺应把江津花椒产业做大做强，使之成为广大农民群众脱贫致富奔小康的支柱产业，成为社会主义美丽乡村建设的重要抓手的要求，市党委政府专门成立江津花椒原产地域产品保护办公室，负责申报"江津花椒"原产地域产品保护事宜。市政府向原国家质量监督检验检疫总局申请"江津花椒地理标志产品保护"。讲述《国家质量监督检验检疫总局公告 2005 年第 150号——江津花椒地理标志产品保护》以及公告最后一条："自本公告发布之日起，各地质检部门开始对江津花椒实施地理标志产品保护措施。"的重要意义：它对于拓宽我市花椒市场营销份额，促进椒农增收致富，保护椒农及相关花椒深加工企业的合法权益，促进我市花椒产业持续快速健康发展，打造驰名中外的花椒品牌都会起到举足轻重、难以估量的作用。

他没有忘记给学员们讲述中央电视台联合中央教育电视台和农业农村部来我市拍摄《源味中国》中的关于花椒的故事。《源味中国》以全国优质农产品典型代表为讲述对象，探寻中国好食材和自然环境及人文环境因素，探析中国农耕文化所体现的中华民族的朴素哲学思想，传播中国农产品深刻的文化内涵。

李德良的讲座，直听得学员们热血沸腾，大呼过瘾。之后又情不自禁地细咀慢嚼，反复回味。没有学究似的旁征博引，掉书袋的故作高深，也没有故作姿态的插科打诨，俗不可耐，有的是邻家大哥样的龙门阵，人生真谛的倾情交流，可谓润物细无声。

长年累月坚持写工作笔记，坚持给报刊投稿的李德良谈起"九叶青"的诞生过程，如数家珍，如青山涌泉，汩汩而出，沁人心脾。

塘河乡五燕大队周德普、周增明的"小青椒"要引过来。高牙公社花果山林场古咸泽从贵州金沙县市场购买的花椒当然是要的。先锋公社果园大队马昭君从云南带回来的花椒品种不能缺席。白溪公社义安大队马昭军从攀枝花带回来的花椒品种也是宝贝。先锋本地椒农种植的老品种，老是老了些，可是它存在已经七八百年了，没有被淘汰掉，大自然选择的结果，自有它的道理。

多种花椒栽种的实践中，我们的科技人员，高级农艺师刘汝乾、肖国林们发现，江津本地花椒，尤其是野生花椒特别适合江津本地的土壤气候等环境条件，尤其是耐干旱耐瘠薄耐病虫害等方面优势特别明显；而从云南、贵州等外地引进来的花椒品种呢，则在颗粒粗大、单位面积产量、颜色等方面有其优势。于是就来了个"杂取种种，自成一家"的方略，反复对各种花椒进行株选、穗选，提纯复壮，逐年筛选，反复嫁接。最后选定优势明显者，作定植种株，得到具有江津特色的"九叶青"。这"九叶青"，不是云南的、贵州的、汉源的，而是出自江津科技人员之手的"江津九叶青"，从而获得了国家林业和草原局颁发的"地理标志产品"的称号。

江津"九叶青"花椒品牌已经够响，甚至《国家林业行业标准——九叶青花椒丰产规程》都是由江津林业局科技人员研究编制的情况下，李德良和江津花椒的科技人员们并没有故步自封、停滞不前，在他的提议和促进下，办起了江津花椒品种示范园。广泛悼念全国各种花椒品种，建立花椒基因库，开展品种遴选，高产试验。换句话说，江津九叶青花椒仍处在动态中，不断地在向优质更优质的方向迈进。何况对花椒这种作物而言，如果你不长时间地坚持不懈地进行品种优化，它会逐渐退化的。

　　这里不得不宕开一笔，说说国家林业和草原局委托江津林业局科技人员研究编制《国家林业行业标准——九叶青花椒丰产规程》的初衷：全国青花椒种植面积达 600 余万亩，其中 80% 以上都种江津花椒，尤其是与先锋有着千丝万缕的联系。既然这样，这丰产规程自然就得由江津方面来制定了。这是极大信任、极大荣誉，也是极大的责任。

太阳每天都是新的

　　"太阳每天都是新的。"新的一天的课程用一句文绉绉的话开始，倒是令人觉得耳目一新。

　　如果换一句话来说：世上的一切事物每天都在发展着、变化着。譬如一个娇艳欲滴的小姑娘，60年70年后就成了老态龙钟、颤巍巍的老太太了，她不是一天天变老的吗？是不是每天都是"新"的呢？

　　我们的"江津花椒"刚刚培育成功，进入盛产期，像不像娇艳欲滴的小姑娘一样招人喜欢？可是十年八年后呢？就像老态龙钟的老婆婆啰……风烛残年了。花椒产量低下，品质也不好，有的干脆死了。

　　花椒和世间万千生灵的普遍性问题：一个从生到死的过程。令人讨厌而又棘手的问题：别的物种是在生老病死的自然周期中逐渐进化，越来越优秀。而花椒，无论你经历多少艰难困苦，花费多少心血汗水培育出来的如何优良的品种，都会在岁月的磨砺和时光的冲刷中不断地蜕变，从优秀退化到平庸到低劣到毁灭。

能不能采用人工干预的方式，延长花椒树的寿命呢？并且延长它的丰果期呢？这是保护乃至锃亮"江津花椒"这块金字招牌的最根本的办法。

历史的经验值得注意。

还在"江津花椒——九叶青"品牌打造的同时，我们江津县委书记辜文兴、县长康纲有及以后的县（市、区）主要领导未雨绸缪，深谋远虑，做指示，下文件，拨专款，组班子，建队伍，积极探索花椒从栽种一直到采摘的全过程丰产管理技术。积累花椒种植技术改造的成功经验，然后在全县（市、区）范围内全面推广。

众所周知有了好的品种，这只是万里长征走完了第一步。所以这下一步非常非常的要紧，甚至可以说是关键性的一步。而我们的目的是稳产高产，这就需要先进的生产管理技术跟上去。没有先进的生产管理技术，费了九牛二虎之力才好不容易精心培育的"九叶青"优良品种也只能是要么收成欠佳，要么干脆颗粒无收。这绝非危言耸听。

江津区农委农业专家在传统花椒种植方法的基础上，经过20多年的不断试验探索，总结出了一整套九叶青花椒的"二四六"科学管理方法和"四五六"核心关键技术，形成了完整系统科学的花椒栽培管理技术。所谓"二四六"科学管理方法：夏季主枝回缩，冬季压枝摘心，适时施好四次肥料，科学防治六种主要病虫害。"四五六"核心关键技术：掌握四次施肥时间和施肥量，做好五次修剪的时间和方法，防治六次病虫害的综合药物配套技术。他们独创的"短化密植，回缩修剪"，不仅减少了劳动成本，更使花椒树的寿命由8年延长到12年，甚至更长，最多亩产达到1200公斤。

我们举办这个培训班，就是要让大家来学习这些新技术新方法。让大家更快更好地脱贫致富，实现小康。

一切从实际出发。

李德良，这个农家子弟，又多年从事农业和农村工作，天天和广大农民群众打交道，深谙"一切从实际出发"的内涵与奥妙。和农民打交道，你若搞"客里空"，玩儿"虚"的，他们根本就不吃你那一套。把你弄得可怜兮兮的像"瓜娃子"一样，还是轻饶了你。

一席话，说得学员们群情激昂，对接下来的内容充满期待与兴奋。

花椒林也成了火爆的旅游打卡地。

打死都没有人相信绣庄村钟少玉家居然还会成为"旅游胜地"！

他家又不是财神庙，"香客"全是"求财人"。

什么络绎不绝？什么蜂拥而至？什么川流不息？什么的什么，统统都显得苍白无力，不足以形容和描绘他家的热闹情景。

的确，钟少玉的家是没有多少看头的。和普普通通的农家没有什么两样。那么人们为什么要往他家涌？有好些人不远千里万里，不顾舟车劳顿从云南、贵州、四川专程来。原来是来看他家的四亩花椒，八百棵花椒树组成的一片花椒林！

"钟少玉这下子硬是半天云吹唢呐——名声在外了啰！"

"花椒林都会成旅游景点，太不可理喻不可思议不敢相信了。"

李德良去绣庄村走人户，到外婆家，亲戚们争先恐后地告诉他。

"我也种了大半辈子的花椒了，就没有见过结得这么好的花椒。手臂长的一截树枝上，竟然结了 37 坨花椒，一坨有人手掌那么长。花椒结得又大又紧密，家葡萄一样，喜欢人得很。"

"少说一棵树上摘二三十斤没问题！钟少玉今年不数钱数到手软才怪！"

　　而钟少玉本人也难抑内心的喜悦："从花椒开花起，不管天晴还是下雨，从早晨七八点钟就有人来我家花椒林看花椒，硬是天天不间断，就我接待过的至少也有200多拨了。你说嘛，我一个农民，家里地里还有那么多事要做，哪里来那么多的时间和精力去接待客人嘛！没有接待到的就多了。只有请他们多多原谅了。"

　　有记者告诉李德良说：在钟少玉家的花椒地现场，半天时间里，就有包括先锋镇夹滩村、九龙坡区元通村、綦江县赶水镇、四川合江县、贵州省贵阳市绿色农业公司等的200多人来参观考察、学习调研，热闹非凡。

　　李德良利用星期天的休息时间，走走亲戚，实地考察了解一下情况。

　　通过进一步的调研得知：先锋镇党委政府决定对全镇花椒推行技术改造。将经过反复实践证明确实可靠有效的"江津九叶青花椒栽培种植丰产一整套花椒种植新技术"推广开来。镇里成立了花椒技改推广领导小组。书记镇长任正副组长，镇农业服务中心具体负责，各部门密切配合，责任到人，分片包干。

　　钟少玉家的四亩花椒地八百棵花椒树就成了采用花椒高产全套技术的实验基地。

　　高产丰收的喜悦雄辩地证明了江津人独创的"江津九叶青花椒"种植技术是成功的！

　　听李德良这么一介绍，培训班仿佛凉水滴入滚油中——炸了锅。"我们要去看看，要去看看！"

　　"会组织大家去看的。会组织大家去看的。不只是组织大家去看，还要组织农技专家来教你们如何干。你们学会了，对你们家的花椒进行技术改造。同时还要教会你们周围的椒农们呢！"

　　学员们摩拳擦掌。

　　"什么时候都别忘了——科学技术是第一生产力。"李德良语重心长地叮嘱大家,"向科学技术要效益! 这才是亘古不变的脱贫致富的好法子。"

镇政府与农民签责任书

凡事预则立，不预则废。

五千年的中华文化的博大精深，平时你或许感觉不出什么，可到了关键时刻，你就深切地感受它的切肤之痛与生死攸关了！尤其对于江津花椒产业而言，更是具有生死存亡，"立"与"废"的意义。

"花椒树死了，我们咋办哟？"绣庄七社的黄大妈拉着镇委书记余泳海、镇长杨兴泉的手，说话中夹杂着泣声。盈满眼眶的泪水终于没有能够止住，汩汩流淌着。"你去我们那里看看嘛，一大片一大片的花椒林，长势一年不如一年，产量一年年地减少。长久这个样子下去哪个得了哟？你们一定要给我们想想法子呀！"

"我们金沙寨西坡的九百多亩花椒，遇上干旱，死亡率达百分之五十多。"香草村的椒农老王也反映说。

"法子"自然是有的。

这个"法子"就是"技改"。

所谓的技改，它的科学名称叫作"江津九叶青花椒栽培种植丰产成套技术"。其要点是：高位剪枝，科学施肥，生态用药，压枝压条，适时采摘。

经过20年的努力，我们的花椒种植专家们终于掌握了这个具有江津地方特色的具有独立知识产权的"江津九叶青花椒栽培种植丰产成套技术"。无数的实践证明，使用该技术的花椒抗衰老的能力大为增强。挂果期比不使用该技术的花椒提早一半。盛果期延长10余年。寿命更是延长至20年。并且花椒果实饱满，油胞增加，品质提高。株产量更是提高百分之三十以上。

可不是吗，在离黄大妈、王大叔所说的地方不远，就有经过"技改"的花椒地形成鲜明对比。凡是经过"技改"的花椒都骄傲地一如往常的郁郁葱葱，硕果累累，压弯枝头，一派丰收在望景象，让人惊诧。

也让人后悔，让人羞愧。

只是余泳海、杨兴泉们"大人大量"不去"倒他们的嘴"而已。

这究竟是怎么一回事儿呢？

那是两年前，镇政府就出台文件，拨出专款在全镇范围内实施花椒"技改"工程，购买包括剪子、锯子等在内的必备工具分发给"农秀才"。由镇领导带队，各部门领导配合，镇农业中心技术员和"农秀才"分片包干，对全镇花椒实施技术改造。

绣庄村是先锋镇的门户，又是先锋花椒的肇始之地，最早栽种的花椒也已进入衰退期，正是推进"技改"的好时机。这里的技改成功与否对全镇的花椒技改影响巨大。镇政府派出精兵强将进驻该村，主持花椒技改项目。

镇农业中心主任肖国林接受了这一重任。市科委派年轻干部刘先平前来助阵。

"哈哈，你们不是开我的玩笑吧？我刘某人种花椒少说也有

30多年了吧，镇里领导居然派几个年轻人来教我种花椒？"

"欺侮人嘛也不是这样子欺的哟……"

"我种花椒的时候这帮娃娃还不晓得在啥地方舔溏鸡屎吃呢！"

"……"

说什么的都有。一句话，就是不相信这几个年轻人能搞什么技改，也懒得理会那个"技改"究竟是个什么东西。

高兴了，听你啰嗦几句。不高兴时，屁股一拍，门一甩，干自己的事情去了。任你是走还是留，与他何干？

冷板凳？

还有根板凳坐。肖国林们去，连根板凳都不给坐的次数多了去。是这方百姓太不知接人待客之礼？太冷血？太没人情人性？

不。

他们是太过担心这群年轻人又是剪子又是锯子的。一上来就把主干锯掉一截，把好多旁枝都剪了去。祖祖辈辈种花椒，自己也都种了十年八年甚至三十年四十年的，谁这样干过？谁见人这样干过？弄死了怎么办？弄减产了怎么办？弄失败了，你们屁股几拍拍，灰尘都不沾一点儿。倒霉的还不都是我们？

"我们肯定会成功！"肖国林胸膛拍得咚咚咚地响。

"年轻人，我们吃胡决策瞎指挥的亏多了。哪一次不是胸膛拍得咚咚咚咚响？结果呢？"

刘备三顾茅庐请诸葛亮。肖国林他们呢？八赴刘宅才总算说服包括刘大叔家在内的13家椒农在他们的椒园开展花椒种植技术改造。在协议书中承诺：技改后的花椒树与没有技改的花椒树对比，增产百分之三十以上。所产花椒收益全归花椒种植户。如果没有增产百分之三十，不足部分由镇政府按照市场价补足。

红口白牙的口头协议还不行，还得白纸黑字，再加签字盖章。

就差司法公证了。

千万别以为这样就可以万事大吉，顺利实施完成这 13 户椒农的椒园技术改造了。

在实施椒林改造的过程中，有椒农在椒园看到肖国林们用钢锯锯着椒树主干，听到那沙沙的锯树声，感到钻心的疼痛。"就像是在锯我的心子蒂蒂一样！"一夜的辗转反侧，一夜的痛苦折磨，第二天一早，扛起锄头就往椒园赶去。去和肖国林、刘先平拼命。

…………

20 年过去了，刘先平讲起那曾经的经历，还心有余悸。

肖国林倒是一副云淡风轻的样子，"先锋花椒产业发展过程中我们这些一线工作人员所经历的类似事情，多了去了。这个算得了什么？"

一石激起千层浪

2001年2月28日，在市委、市政府召开的花椒发展专题会上，市委常委、分管农业农村工作的李德良代表市委、市政府庄严宣布：市委、市政府决定："十五"期间，江津市花椒将发展到50万亩。

石破天惊！

震古烁今！

振聋发聩！

当场就有好些人给震撼得差点没晕了过去。

瞠目结舌还是轻的。更多的人给震惊得张大的嘴巴无论如何也闭合不拢了——腮帮骨脱了臼，得请别人帮忙才能重新闭合上！

一石激起千层浪。消息传开，不仅仅是整个江津，甚至是整个的重庆市农业界，乃至全中国花椒产业界都炸开了锅！

震惊之余人们又不得不为江津市委、市政府捏把汗。50万亩，涉及60多万农民的身家性命，和脱贫致富奔小康啊！岂可掉以轻心？岂能儿戏？曾经的"亩产万斤稻""超英赶美""一天等于二十年""人有多大胆，地有多高产"的沉痛教训还没有走远。

"请给我一个理由。"人们需要答案。之所以做出这样决定的依据是什么？

其实，这个问题包括两个方面的内容：一是能不能做到，50万亩不是一个小数目。二是种植面积目标达到之后，如此体量巨大的"当不得饭吃"的"小众"商品卖给谁？它的市场容量究竟有多大？如何防止"谷贱伤农"？

市委、市政府的决定由市委常委、分管农业农村工作的李德良宣布，广大干部群众心中的疑虑和困惑，自然也得由李德良代表市委、市政府来回答了。

奉行"农村人就讲究个实诚，做事要对得起自己的良心""落进口袋里的才是钱，空话填不满肚子""在农村田坎上走，穿钉鞋又拄拐杖，虚晃不得"的祖训，李德良自1995年7月担任市委常委、分管农业农村工作那天起，就一头扎进花椒产业之中。通过走农户访专家逛市场钻书斋查资料，熟悉了解花椒的前世今生以及发展前景，和江津花椒产业发展的现实状况，做到心中有数。没有调查研究就没有发言权。杜绝那种"下车伊始，便哇啦哇啦"和"情况不明就瞎指挥"的恶习。之后就一头扎进"品牌培育""种植技术改造""人才培训"的工作之中。经过这几年的工作实践证明，经过几年的努力，江津的花椒产业发展到50万亩的规模，是完全有可能的。接下来的第二个问题是花椒发展的前景，换句话说就是花椒的市场前景问题。市场容量究竟有多大？有没有底？底在哪里？这些年来，李德良走到哪里都有基层干部和椒农朋友向他提问，他急群众之所急，为了寻找答案，说服群众，更要说服自己的良心，他没有少下功夫！

向生产的深度和广度进军。

科学技术是第一生产力。

对！向科学要"50万亩"。

"花椒要大发展，必须搞精深加工。花椒不仅是调味品，还可以向化妆品、药品等方面发展。你们应该认真研究，依靠科研院所，把精深加工搞起来。"这是一位上级领导在考察江津产业时的指示。

其实，早在选择究竟以什么样的产业作为江津农业发展的支柱产业发展时，生长在农村，又做着农村基层工作，熟悉江津农村实际情况，又受过高等教育，具有现代化思维的辜文兴、康纲有们正是看中作为调味品的花椒，市场容量巨大，而作为化妆品、保健品、医药品、清洁剂、消毒液、杀虫剂等用途，还是一片又一片的处女地，等待着人们去开发去利用去驰骋！况且，江津还有个不为人知的独特优势：这几十年来，始终和西南大学、重庆中药研究院、中国中医研究院保持着良好的合作关系（新中国早期的中国中医研究院院长就是咱们先锋镇永丰村人），以及和中国人民解放军第三军医大学有着非同一般的亲情关系（20 世纪 50 年代末 60 年代初，第三军医大学大批的专家教授被下放到江津的柏林、蔡家山区劳动锻炼。山区人民如亲人般的接待了他们，使他们健康、顺利地度过了那个年代。几十年过去了，这种亲情友情传递了一代又一代）。有这些大专院校、科研院所可依靠，又何愁江津的花椒精深加工、新产品开发不发展？不日新月异蓬勃发展？

政治路线确定之后，干部就是决定因素。

为了实现"50 万亩"的目标任务，市委、市政府重新排兵布阵，把那些经过实际斗争锻炼和考验的政治强、业务精、执行坚决、敢打硬仗同时又善于动脑筋，熟悉市场运作的优秀同志调整充实到各级领导班子中来，从组织队伍上给予保证，保证市委市政府的"十五"规划胜利实现。

号角已经吹响。

队伍已经出发。

旗开得胜，捷报频传：

承担花椒科学研究与新产品开发任务的重庆市四面山花椒开发有限责任公司正式注册成功。

《关于重庆市四面山花椒开发有限责任公司列为市级农业产业化龙头企业的批复》由重庆市农业产业化办公室下发。

《江津市优质花椒精深加工技术及产业化开发》可行性研究报告在西南大学帮助下编制完成。

由四面山花椒开发公司研发的花椒油下线，投放市场，供不应求，深得消费者青睐和追捧。

四面山花椒开发公司"骄王"商标注册成功。

"骄王"花椒精，"骄王"微囊花椒粉，"骄王"花椒籽油，"骄王"保鲜花椒……接踵而至，琳琅满目，一一通过重庆市科委组织的科技成果鉴定，填补国内空白。

重庆市四面山花椒开发有限责任公司与西南大学科技咨询公司就"江津市优质花椒精深加工技术开发"技术合作正在签约。项目总投资4000万元。

推出名牌花椒"九叶青"，江津花椒有了属于自己的专有名字"九叶青"。

重庆市百万亩天然香料基地江津示范区建设正式启动。

至年底，全市花椒种植面积由年初的13万亩一跃而达20万亩，几近增加一倍。

这是"十五"计划开局的一年。这是江津市委、市政府提出花椒种植面积五年内达到"50万亩"奋斗目标的第一年，硕果累累的一年，厚积薄发的一年，令人欣喜的一年。李德良心中好生欣慰。远的且不说，至少在今年过年的家庭团拜会上，汇报内容和往年有些不一样。新的内容新的成绩也会给一家人带来新的喜悦新的希望呢。

化腐朽为神奇

什么叫化腐朽为神奇？

这种以前只能在传奇小说中看到的故事居然在夹滩，这个四川盆地到云贵高原过渡的山皱中的小乡场活脱脱地展演在成千上万的山乡百姓面前，令人称奇，令人惊叹，令人感动，令人感觉三生有幸。

这里是夹滩场的西北角。几幢破破烂烂的建筑对着天空张牙舞爪着，像是抓扯，又像是乞讨，更像是因为疼痛难耐的挣扎。山风吹过时发出的啸声仿如鬼哭狼嚎，瘆得人浑身起鸡皮疙瘩。这里成了野狗和乌梢蛇的乐园。当然也是赶场的乡民们解决内急的地方。

就是这样一个地方，也曾经车水马龙，人声鼎沸，洋盘辉煌，是多少人梦中的"天堂"，一生的向往。

——夹滩国营粮站。夹滩场首屈一指的企业，夹滩场最好的建筑聚集的地方。

然而，曾几何时，粮站撤了。职工退休的退休，调离的调离，下岗的下岗，人去楼空。几经风

132

剥雨蚀，日月摧折，破败和衰亡就是它们不二的结局。

时也，势也。世事弄人啊，世事难料。赶场人过路客每过一次就发出一阵唏嘘，几声叹息。

这都是国有资产啊！好生可惜！

就任市委常委、农业农村工作分管领导后的李德良找了个休息日来赶夹滩场，在这破败的建筑群间走了一圈，内心深处感到一阵一阵的撕裂般的疼痛。

能不能盘活它们，让它们起死回生，重振雄风，再现辉煌，化腐朽为神奇呢？

一年过去了。又一年过去了。

机遇终于没有爽约，回报它的孜孜追求者了：在筹备建立重庆市四面山花椒开发有限责任公司时，李德良提出了选址夹滩国营粮站的建议。

这里地处江津花椒核心产区，临近已经建成和规划中的重庆二环三环高速，渝泸、江习、江綦高速公路，得天独厚的交通优势为花椒原材料的运进和产成品的运出都提供了便利。选址夹滩更有一个其他任何地方都不具备的特别优势——和江南职高同处一地。一个在西北角，一个在东南角，中间相隔一个夹滩场而已。

江南职高为什么具有影响四面山花椒公司选址的举足轻重的作用呢？

只因它那里又是江津农业产业化培训基地。

校企同处一地，就方便了校企合作，方便了建设"产学研合作体系"。企业研发成功的新技术新产品可以就近到培训基地去推广应用，科技人员方便去培训基地教授指导培训学员。学员们也方便来企业参观、学习、实习训练。校企合作，实现产学研一体化，相得益彰，其效果远大于"一加一等于二"。这将大大提高江津花椒产业的发展速度，使得全市农民早日实现

"脱贫致富"，达到更高水平的"小康"。

地不平，弄弄就平了。墙坍塌了，砌筑。房子垮了，重新修。屋怕收拾，人服化妆。没花多少时间，一个崭新的企业——集生产经营和科学研究新产品开发于一体的重庆市四面山花椒开发有限责任公司就呈现在世人面前，并且开工生产了。

倘若是新建厂房，恐怕连征用土地的手续都还没有申办下来呢！至于建成投产，得等到猴年马月了啰。

更加令人惊讶的是当年就生产出了保鲜花椒、花椒籽油、花椒精、花椒沐浴液等投放市场，受到广大消费者的热捧。在次年一月、二月召开的全国粮油精品展、重庆高新技术交流洽谈会、重庆市首届订单农业博览会、湖南长沙农产品博览会等全国性的展览会上，四面山花椒开发有限公司研发生产的以绿色保健为主题的"骄王"花椒系列产品，以其高雅的形象、卓越的品质吸引了海内外消费者和社会各界的强烈关注。

化腐朽为神奇。从废墟上挺立起来的四面山花椒开发公司旗开得胜。不仅仅是在夹滩场、先锋镇、江津市，就是在重庆市也引起轰动效应。

全国政协副主席张思卿来了，调研农村经济发展状况，四面山花椒公司自然是一个看点。

"骄王"花椒系列产品入选财政部支农扶持项目。

重庆市科委将"江津市优质花椒精深加工技术及产业化开发"正式列入重庆市科技开发项目。

重庆市农业综合开发办公室将四面山花椒公司列为"市级农业综合开发龙头企业"。

…………

企业的欣欣向荣和光辉前景吸引来广大人民群众的追捧，纷纷要求参与进来，奉献自己的一份干劲与热情。粮站的下岗职工来了，夹滩航运公司的失业职工来了，附近的工人朋友来了，甚至外省市的大中专院校毕业生也来了。其他好多企业出现的"用工荒""招工难"，在这里成了"天方夜谭"。

"问渠那得清如许，为有源头活水来。"

一天，不知道从什么地方来了一位长者，找到四面山花椒公司总经理聂勋杰，以一联古诗打开了话匣子。"恭喜老板，贺喜老板，老板把工厂开在了风水宝地上，不发都不行哇……"

聂勋杰没有回应，好生纳闷。

"厂门正对着大山。这叫什么？开门见山。老板一定是快人快语，是个生意人才。"

"……"

"旗开得胜。"停了一下，紧接着，"必须的。"

"……"，若有所思，欲言又止。

"大门正对面是崖口，一股银水往家流。"

听口音，不像是夹滩本地的人。他说得还不错。每年雨季鹤山坪上发山洪，自然从那山口喷薄而出。

"哈哈哈哈"笑过之后，聂勋杰掏出张钞票，给了长者，"借你吉言。你走吧，我还要忙着去江南职高给花椒培训班的学员讲课呢！"

如果不是现在政策环境好，江津花椒产业发展已经有一定的规模，这个产业发展潜力巨大，又加政府大力推动产业发展和农民种植花椒积极性高，即人们常说的"天时地利人和"三要素都齐备，任你本事再大，就是占有风水宝地又能怎么样呢？这点基本认识，我还是有的。

走，我得走快点才行。这个课，我还是得认真上好。

一年五六千人的培训量，多大的一股力量啊！让他们了解花椒的前世今生，了解花椒无比广阔的市场前景，了解花椒从根到叶、从籽到花、从果皮到枝干，都是宝贝疙瘩。它是一个藏在深山人未识的资源宝库。随着科学技术的发展进步，等待着我们去认识和开发。我们在不到一年的时间里就开发出除调味品以外的十来样新产品。大家见所未见，闻所未闻。明年呢？后年呢？这五六千人回到各自的镇街村社，又将带动多少人去种花椒，种好花椒啊！他们增加了收入，我们企业也没有了"缺乏原材料"的后顾之忧，一举双赢的大好事情何乐而不为呢！呃，学员经过培训后改变了观念，提高了认识，学到了技能，该有多高兴呀！要求报名参加培训的人员越来越多，培训班也就会欣欣向荣，经久不衰。新技术新经验层出不穷，市场发展千变万化，人人都需要不断地学习呀。聂勋杰越想越兴奋……

"把企业建在夹滩是选对啦！"聂勋杰高兴得差点没跳起来。

掐指一算，江津花椒自 1980 年由学识渊博、胆识过人又善审时度势的辜文兴、康纲有、刘世誉、郑汉臣们首倡和大力种植以来，到 2001 年，已有 20 年了。从单家独户东一摊西一坨的"狗屎椒"发展成为一个拥有 20 万亩种植面积，惠及近 30 万椒农的大产业。不仅在重庆市，就是在全国也都有了一定的名气。而具有独立知识产权的"九叶青"花椒更是获得国家地理标志保护的名牌产品，蜚声中外。在这 20 年时间里，江津花椒产业一路蹒跚，筚路蓝缕，一路艰辛，跌跌撞撞，却也一路高歌、一路胜利地走了过来，终于取得了今天的成绩。这些当然得益于历届各级党委政府 20 年如一日地"扭住花椒不放，不旁骛，不摇摆"，带领农民群众艰苦奋斗，也和党和国家领导人以及中央部委领导和重庆党政领导的关心爱护、支持帮助分不开。

在这些年里，国务院总理温家宝来过，全国人大常委会委员长吴邦国来过，副委员长许嘉璐来过，全国政协副主席张思卿来过，国务院副总理吴仪来过，全国政协常委丁衡高来过，国家林业和草原局局长贾治邦，国家粮食和物资储备局局长聂振邦，农业农村部副部长刘坚、齐景发，国务院研究室副主任李德水，共青团中央常务副书记巴音朝鲁，中国科协副主席徐善衍等都曾来视察检查和指导江津花椒产业发展。重庆市委书记、市长包叙定、黄镇东、贺国强和市人大常委会主任王云龙以及市委、市政府其他领导王鸿举、税正宽、黄立沛、辜文兴、康纲有、邢元敏等或陪同党和国家领导人或专程来江津指导江津花椒产业发展。①

李德良自 1995 年 7 月当选为江津市委常委，又分管农业农村工作以来，多次陪同领导同志参观考察，聆听领导同志的指示。或主持召开座谈会、汇报会、情况介绍会，代表市委、市政府做情况汇报。

这是一段十分美好而又十分珍贵和十分重要的人生经历。

这段经历撑大了格局，开阔了视野，启迪了智慧，丰润了情怀，坚定了步伐。

至少会从重庆市，从全中国的角度来看待、处理、谋划江津花椒产业的发展，从全国乃至世界市场角度来分析、谋划花椒和花椒制品的研究和开发。

倘若没有这些经历，他会对国家"863"计划特别关注、反复研读？最后居然和自己的工作，和江津的花椒产业发展相联系？

那是不可能的。

甚至于在中国科协副主席徐善衍考察先锋花椒基地建设之隙，探讨一下将江津花椒发展与"863"计划相联系的龙门阵。

梦想嘛，有什么不可以的。万一实现了呢？那是 1999 年 3 月 27 日，李德良特别在日记本上重重地划了几笔。

---

①封林:《麻遍全国　香飘世界——江津花椒资料汇编》，2017 年，彩页。

就当时的情况而言，似乎有点唐突，有些冒失，还有点不着边际。

可是徐善衍却满满的赞许：这倒是个不错的问题，值得好好探讨下去。

这件事，他谁也没说，闷在心里。

久而久之，却成了一种纠结、一种折磨，无论如何也挥之不去。

在四面山花椒开发有限公司运行不到一年的时间里，中国科学院、重庆市科委和西南大学的专家教授们开发成功三个新花椒产品，投放市场后受到消费者欢迎。新品种投放市场试销售，立即引起消费者强烈反响，大大地提高了花椒的附加值。2001年5月，江津"骄王"花椒系列产品列入财政部支农项目立项扶持。

牛刀小试，大获成功，激活了李德良和他的同事们久存于心的愿望：争取把江津花椒产业发展和国家"863"计划联系起来，纳入国家"863"计划之中。

这也太大胆，想象力也太丰富了吧？

这是什么样的一个计划啊！

"863"计划即国家高技术研究发展计划。它是以政府为主导，以一些有限的领域为研究目标的一个基础研究的国家性计划。1986年3月3日，王大珩等四位科学家向国家提出要跟踪世界先进水平，发展中国高技术的建议。在充分论证的基础上，党中央、国务院果断决策，于1986年11月启动实施了高技术研究发展计划。简称"863"计划。

在此后的十多年时间里，我们国家始终瞄准世界高技术发展前沿，按有所为有所不为的原则，在事关国家长远发展和国家安全的重要高技术领域，以提高我国自主创新能力为宗旨，坚持战略性、前瞻性和前沿性，以前沿技术研究发展为重点，统筹部署高技术的集成应用和产业化示范，充分发挥高技术引领未来发展的先导作用。

在一般人看来，小小花椒，不就是可有可无的调味料吗？农业项目中小得不能再小的品类。能和那"863"计划中所要求的战略性前沿性前瞻性高新技术产品相媲美？都哪到哪哟，也不怕人笑掉大牙！

可是在李德良和他的同事们看来，将江津花椒产业及以西南大学和中国科学院为技术支撑的花椒深加工项目放在国家"863"计划的"生物与现代农业技术项目"中来考量，是完全有可能被纳入进去的。

于是他们信心满满地向市委、市政府提出申报建议。市委、市政府认真审议了李德良们的建议，最后决定正式启动申报程序。市委、市政府以江津市委〔2002〕46号文件《关于我市花椒产业及精深加工项目申报国家"十五""863"计划生物与现代农业技术项目的请示》向重庆市相关部门提交申请报告。

市委、市政府会议决定由市委常委李德良同志具体负责申报事宜。

领受任务的李德良心潮澎湃，难以自抑，同时又难免有些忐忑不安，即是人们常说的使命光荣、责任重大吧。

昨天是今天的铺垫，今天是明天的序曲

昨天是今天的铺垫，今天是明天的序曲。

2002年3月25日，受江津市委、市政府的委托，带着150万江津人民的期待和热望，市委常委李德良带领市粮食局局长杨兴泉和四面山花椒开发公司总经理聂勋杰，出发去北京向有关部门递交《关于我市花椒产业及精深加工项目申报国家"十五""863"计划生物与现代农业技术项目的请示》报告。

争取将"我市花椒产业及精深加工项目申报国家'十五''863'计划生物与现代农业技术项目"成功申报，实在是太大胆、太"异想天开"了。难怪会有人背地里讥讽"胡扯八闹""做梦娶媳妇儿""癞蛤蟆想吃天鹅肉""痴人说梦"……多了去了。

"痴人说梦？哈哈，说明我们还没有痴得太厉害。至少还有梦嘛！怕他倒是聪明绝顶，绝到连梦也没有一个。不是更可怜吗？"李德良哈哈一笑，不去理会。

他得好好筹备筹备呢。

　　一旦申报成功，江津花椒产业发展就将迈上一个崭新的大的台阶，江津花椒产业发展过程中碰到的许多问题都将得到根本的解决，江津花椒产业发展前景将更加灿烂辉煌。江津几十万椒农将干劲倍增，信心更足。

　　据悉，全国偌大的农业产业，也仅只有重庆市江津区的花椒产业及花椒精深加工项目和山东大蒜产业及其精深加工产业项目申报了国家"十五""863"计划。而山东的申报有三大特别优势：一是山东距北京地理位置较近，和科技部联系方便。二是大蒜也是中国传统的农产品，比花椒的受众面更大一些，全国种植面积更宽广一些，产量也更大一些。其精深加工前景也一片光明。三是他们由省委省政府主要领导同志全面负责申报工作。

　　李德良踌躇满志，志在必得，底气十足。底气来自他从记事儿以来的几十年里，就没有一天离开过花椒、椒农和花椒生产。来自他自70年代中期就开始在农村基层组织推广花椒种植、加工、销售，90年代中期进入市（区）领导核心后，仍然分管农业农村工作，在更高的层面更广的领域领导和组织指挥着花椒产业的发展所积累的经验和知识，更来自他对区委领导班子对申报成功志在必得的决心和几十万椒农对申报成功的热切期盼的熟悉和了解。

　　和李德良一道去北京执行申报任务的一个是杨兴泉，一个是聂勋杰。当年余泳海在江津花椒基地先锋镇任书记的时候，杨兴泉任镇长，在促进先锋花椒基地建设中立下汗马功劳。当余泳海调任江津市农业农村工作委员会主任之后，杨兴泉接任先锋镇党委书记。现在任市粮食局局长。他之所以仍然和花椒产业发生着联系，是因为在此之前，市农办和市科委研究决定，由市粮食局下属的粮食联销公司承担花椒精深加工项目。杨兴泉一直就没有离开过花椒和花椒产业。组织上希望他在花椒的精深加工上再做贡献。一旦"863"计划申报成功，花椒精深加工项目还得要让他去具体落实执行呢。

至于聂勋杰，他原本就是粮食局联销公司的职工。四面山花椒加工公司成立，组织上派遣他去出任公司总经理。这是一个有干劲，善动脑，懂经营的年轻人。

为了这个出发，江津的花椒产业从1980年的规模化种植开始迄今已有22个年头了。

往事并不悠悠。这倒不是说江津人就少了诗人的浪漫情怀和渝人的幽默与豪迈，只是这20多年的"杀出一条血路来"的进程中，江津人硬是把农家东种几棵西种几株的花椒做成了初具规模，达20余万亩的在全国也饶有名气的、让30来万椒农仅仅靠种植花椒便脱贫致富的大产业。把名不见经传的"狗屎椒"生生改造培育成了在全国也大名鼎鼎的具有自主知识产权的"九叶青"品牌。在这进程中，江津人抛洒的汗水和泪水，奉献的聪明与智慧，经历的艰难与困苦，有些时候甚至是惊心动魄乃至险象环生，都是那样的刻骨铭心，可歌可泣！哪来一星半点的"悠悠"？又岂能"悠悠"？

江津花椒产业从无到有、由弱到强的一个重要原因是江津人在扩大花种植面积、加强花椒种植技术的研究和花椒品牌的培育创新的同时，一刻也没忘记对花椒本身的科学研究。

辜文兴、李德良们当然十分清楚自己能吃几碗饭的局限。但是他们十分清楚，我们是"人"。而人之所以与普通的动物区别开来，或者说人之所以为人，就因为他能使用工具。这是人和动物的区别。工具是什么？是人的力的"物化"和"转化"，智慧的产物。借助工具的实质是借用了"力"。不错，我们的主要精力都用在如何组织和动员广大农民群众实现对美好生活的向往中去了。而那些从事农业、林业科学研究的专家教授们则负责对包括花椒在内的农业林业进行独特的专门研究。他们就是"工具"，就是"力"，就是我们的"手"和"智慧"啊！何不"借用"？农家有句俗话："背不成时，就问问隔壁户嘛！"中国科学院、四川省农科院、西南农学院、重庆市农业科学院，就在我们江津的"重庆农业科学院果树研究所"都是我们的"隔壁户"啊！问问他们去。

辜文兴问了。

李德良问了。

这不，余泳海、钟志才们也问了：

早在1996年9月，时任先锋镇党委书记的余泳海和副镇长钟志才就将先锋花椒送到西南大学中心实验室检测：发现它富含粗蛋白和维生素E、C、B1、B2，以及铜、锌、铁、锰、钙、硒等微量元素。花椒皮壳含油量10.73%，花椒籽含油量27.06%。

值得一提的是几种其他的食品和调味料中比较少见的微量元素：

锌：被誉为"脑黄金"。又名"聪明素"。缺少了它，心脑血管疾病就会丛生。人的大脑发育就会受到严重影响乃至伤害。

钙：缺乏它就会骨质疏松。

锰：缺乏它易患癌症。

硒：对改善血液循环，防治癌症具有积极意义。

这份检测报告对江津花椒产业的发展具有重大的里程碑意义！它展示出了发展花椒产业的广阔天地，大有可为！它提振了人们发展花椒产业的信心与底气。

时任市委常委，分管农业农村工作的李德良特别复印了一份，珍贵得宝贝似的。与其说是夹在了笔记本里，倒不如说是镌刻在了心壁。它为解决前些时候逛市场访农户碰到的有关花椒市场的一些问题，椒农种植销售花椒中碰到的难题与困惑提供了新的思路。

一切用科学数据说话。

科学技术是第一生产力。向科学进军。

这就是他对所碰到问题的解答。

这，就是李德良和他的同事们自觉地将江津花椒产业的发展与正在全国如火如荼开展的"863"计划相联系的想法的萌芽？

于是，当中国科协副主席徐善衍，中国科学院院士、中国科学院地理科学与资源环境研究所教授李文华来江津考察花椒产业发展时，李德良和包括市委书记、市长在内的领导同志没有放过学习和请教的机会，座谈会上聆听指示特别认真，发言提问十分踊跃。

重庆市科协主席张勤 2000 年 8 月来江津考察花椒基地建设时指出："花椒要大发展，必须搞精深加工。花椒不仅是调味品，还可以向化妆品、药品等方面发展。你们应该认真研究，依靠科研院所把精深加工搞起来。"

2000 年 9 月，江津市委、市政府就研究决定：由市粮食联销公司承担花椒精深加工项目。

2001 年 2 月，江津市农业农村工作办公室、市科委、市粮食局与西南大学帮助花椒公司编制完成了《江津市优质花椒精深加工技术及产业化开发》可行性报告。

2001 年 4 月，四面山花椒开发公司第一批研发的花椒油生产下线。投放市场，深受消费者青睐。首战告捷，极大地鼓舞了科研工作人员以及广大椒农的信心。尤其是广大椒农更是看到了新的希望。一条崭新的生财之路展现在了他们面前——人见人厌的花椒籽成了宝贝疙瘩！它的出油率比花椒果壳出油率高多了。而花椒油不只是可以当作新的食用油，更是开发更新更高端产品的原料。对此，李德良内心尤感欣慰与喜悦！一直搅扰得他寝食难安，一直如破岩口的巨石一样压在心室的花椒籽，终于找到了新的"东家"。"嫁"出去了，有了相当不错的归宿，一个好的去处。

2001年9月，四面山花椒开发公司研发的花椒精、微囊花椒粉、花椒籽油、保鲜花椒等高科技产品通过重庆市科委组织的科技成果鉴定。填补了国内空白。

2001年7月13日，重庆市科委将"江津市优质花椒精深加工技术及产业化开发"正式列入重庆的科技开发项目。

2001年11月20日，在重庆高新技术产品交易会上，四面山花椒开发有限公司与西南大学科技咨询公司就"江津优质花椒精深加工技术开发"项目技术合作正式签约。项目总投资4000万元。

……

正是因为有了这些厚实的铺垫，才有了一台威武雄壮、决战必胜的向科学技术进军的大戏。向生产的深度和广度进军，向科学技术要生产力。社会主义市场经济条件下的生产关系确定之后，生产力就是决定因素。让科学技术引领江津花椒产业发展，早日实现全市农民脱贫致富奔小康的奋斗目标。

怀揣着江津花椒产业的成绩单，尤其在花椒精深加工技术开发的丰硕成果，肩负着将江津花椒科技开发纳入国家"863"计划，更有力地推动和促进江津花椒产业发展的热望，李德良和杨兴泉、聂勋杰正式出发。大有"今日长缨在手，何时缚住苍龙"的雄心壮志，他们信心满满。

喜出望外

　　古人云：他乡遇故交，此乃人生一大乐事。古人又说：老乡见老乡，两眼泪汪汪。这泪是欢喜之泪，庆幸之泪，是谓：喜极而泣。

　　临行前得知原江津县委书记、现任重庆市人大常委会副主任的康纲有此时正在北京中央党校省部级干部进修班学习，李德良真是喜出望外，更增添了此行的必胜信心。这不仅仅是久别重逢，他乡遇故知的一般普通人所拥有的欢乐与喜悦，更多拥有一种，怎么说呢？一种一言难以概之的特别情谊和意义，所带来的期待。而这种期待随着飞机的逼近北京而愈加强烈，强烈到了迫不及待、焦灼难耐的程度。

　　关于江津花椒的产业化生产经营，1980 年，时任高牙公社党委书记的辜文兴首倡大面积推广种植。当时在工业领域任职的康纲有表现出极大的兴趣和坚定的支持。不为别的，因为他也是农民的儿子，家里也种花椒。他对花椒的情有独钟，不只是从经济效益出发去度量市场上各类商品的比较效益发现：花椒和别的农副土特产品比较，具有更高的收益支出比。更多的是凭借他丰富的学养从科学研究、产品开发前景、工业化生产的可能性等发展前途方面考虑，花椒的开发价值和前景都十分广阔。于是在辜文兴任县委书记、他任县长之后，便"两手合一捧"，党政领导齐心协力，在全县范围内大刀阔斧地推进花椒产业化发展。万事开头难，是事实。但是开了头也并不意味着往后的路就好走，就一路顺风。尤其是农村工作，做农民的思想工作。其间的艰辛劳累不是一般人所能理解体会的。就以花椒大面积推广的核心示范区先锋区来说吧，从1980年到1991年，即国家林业和草原局将先锋镇列入"全国重点花椒基地"整整10年时间里，花椒种植面积才增加到2000亩。

1992年辜文兴同志调任重庆市委常委之后，康纲有接任江津市委书记。他没有如有的人那样，丧失政治操守和立党为公，一切从人民的利益出发的"初心"，突出个人的什么个性政绩之类，而是一切从江津农业发展的实际出发，一如既往地扭住花椒产业发展不放。不动摇，不反复，不折腾，彰显出一个共产党员的博大胸怀与使命担当，为后来的继任者树立了良好的榜样。就这个意义来说，江津花椒产业发展能有今天的辉煌，康纲有功莫大焉！不妨在这里设想一下，当时的他如果独出心裁地不搞花椒产业化了，而搞一个别的什么产业化，到了他卸任，其他人上来又选择一个什么新东西。如此这般的变来变去，莫衷一是，江津的农业产业化又将是一派什么景象呢？

想想都叫人害怕。

那种"决策拍脑子，决心拍胸脯，搞砸了拍屁股"的"三拍"领导，现实生活中并不鲜见啊！

江津老百姓是幸运的！自辜文兴开始的江津领导者们一届又一届地扭住花椒这个农业产业化项目不放，不彷徨不摇摆不懈怠，团结和带领广大干部群众四十年如一日地艰苦奋斗，硬是把江津花椒产业做大做强，夺得了 10 余项全国第一，成了江津的名片，金字招牌！

到了 1995 年底，即市委书记康纲有调任重庆市人大常委会副主任前夕，先锋花椒种植面积已近 5000 亩。

1996 年 6 月 18 日，康纲有率重庆市有关部门负责人考察先锋花椒基地建设时要求：要大搞科技种植，提高花椒的品质和单位面积产量。注意开发花椒新产品的科学研究。

2002 年 10 月，康纲有在视察江津农展会期间，得知江津花椒种植面积已达 20 万亩，十分高兴，并进一步提出：希望江津大力推进花椒产业化项目建设，带动更多的农民增收致富。并依靠中国科学院和重庆大专院校、科研院所的科研力量，大力开展花椒产品开发工作，增加花椒的附加价值，取得更好的经济效益。

李德良向他汇报此行来京的目的是向科技部正式提交申请，申请科技部将江津花椒精深加工项目纳入国家"十五""863"计划生物与现代农业技术项目。

"好！好好好！"康纲有听完汇报，高兴得大声叫好，"难得你们有这样的觉悟、这样的认知，主动地将自己的工作纳入国家大战略一起考虑，把自己的工作当作国家战略的一个部分。了不起呀，真的是了不起。无论这次的申请能够不能够获得批准，都是一个大大的了不起。我知道你们看准了目标与方向，不事空谈，一直在沉静而坚持不懈地努力着。不是有这么一句话：功夫不负有心人吗？功到自然成。我相信能成，一定能成。"

领导的鼓励与肯定，让李德良只感到内心一股股热血迅速蔓延全身，整个人都热乎乎的。这种体验，李德良已不是第一次第二次了。

那是 1993 年初，县委书记康纲有来仁沱检查工作，和刚刚接任仁沱区委书记不久的李德良进行了一次推心置腹的谈话。似乎是不着边际的散吹漫谈，却影响了李德良此后人生几十年。

这个世界有一万个办法让人的认知与财富相匹配。

人所赚的每一分钱都是他对这个世界认知的变现。

人永远赚不到超过他认知范围之外的钱。除非靠运气。但是靠运气赚到的钱，往往会靠实力亏掉。这是一种必然。

那么人对世界的认知从哪里来呢？

无非是读书学习，认真思考，勇于实践，善于总结，久久为功便升华为一种认知。

于是就有了他读书、记笔记、向报刊电台投稿的几十年如一日的坚持不懈。

在另一次的交流中，康纲有的一句话让李德良不敢忘怀：看准目标与方向，沉静地努力，并且持续。

于是就在电台争"音"，电视争"影"，报刊争"名"的恶习泛滥的当今，李德良静下心来干事。默默无闻着，尽量地避免着那些"热闹"。在人生的道路上一步一个脚印地踏踏实实地走着。

"仁沱是一个大区，江綦巴三县在这里犬牙交错着，历史上就是一个治安问题频发，社会秩序混乱的地区。你可要把细一些哟！"

"把细"，是江津人的一句习惯用语。即"把稳"和"仔细、细致"之意。

"组织上把领导这样一个无论是治安状况还是经济状况都非常混乱复杂的大区的任务交给了你，希望你能不辱使命，不负众望……"

斗转星移，岁月能够沧桑容颜，却弥坚了镌刻在心的谆谆教诲和激荡情怀的语重心长。

"向科技部递交完申请之后，千万别忘了去拜望丁衡高和聂力将军，咱们的江津老乡。"康纲有边叮嘱着，边送李德良他们出了中央党校大门。

夜，早已坠入深渊，难以自拔，好在启明星已经开始闪烁，离完结它的时间不远了。

"863"，我来啦！

啊，"863"，你是那样的令人高山仰止，景行行止！你是那样的声振寰宇，听到你的名字，便令人热血沸腾澎湃，难以自抑。你是那样的令人向往，无论身处世界何处，哪怕是天涯海角，无论要经历万险千难，只要身上还有中华儿女的血性，都会千方百计地奔向你。哪怕是流血牺牲也在所不惜！

2002 年 3 月 26 日。北京。

这是一个具有特殊意义的日子。尤其是于江津花椒产业的发展，于几十万椒农，于江津 150 万人民而言，都是一个不会忘记的日子——中共江津市委、江津市人民政府《关于我市花椒产业及精深加工项目申报国家"十五""863"计划生物与现代农业技术项目的请示》（江津市委〔2002〕46 号文件）就要正式呈交科技部了！

这是一个十分庄严而神圣的时刻。

为了这一刻，中共江津（县）市委、（县）市人民政府带领着江津人民数十年如一日地艰苦卓绝地奋斗，硬生生地把谁也没注意甚至是不屑一顾的小小花椒，培育成了一个响当当的名牌产品，把一个东种几窝西种几丛的花椒种植培育成了今年年底就将发展到 35 万亩、全国最大规模的花椒产业，使得 40 多万椒农受惠，靠花椒种植脱了贫致了富，并且争取到"十五"计划结束，江津花椒种植面积要达到 50 万亩，惠及椒农 60 万以上。

为了这一天，中共江津（县）市委和（县）市人民政府不失时机地依靠中国科学院和重庆的大专院校、科研院所的专家教授开展花椒的精深加工，并且已经取得了良好的早期收获。为申报国家"863"计划做好了充分的准备。

3 月的北京，春寒料峭。习惯早起的李德良仍然 6 点准时起床，和在家或往常来北京出差、开会之类不一样的是，在向着天安门的方向行过注目礼之后，还转身向着家的方向行着注目礼，默默回想着临行前领导的嘱托，150 万家乡人民的热望。

8 点 30 分，李德良和杨兴泉、聂勋杰一行三人，在重庆市科委领导的带领下，来到科技部。

科技部农村经济司贾司长、郭处长在农村经济司会议室接见了他们一行。科委副主任代表重庆市科委向贾司长、郭处长汇报了江津花椒产业及精深加工项目申报国家"863"计划的重庆方案。这让李德良、杨兴泉和聂勋杰大感意外，好生惊喜！原来以为科委领导来仅仅是给他们搭个桥引个路，表示一下对江津花椒申报国家"863"计划的关心和支持的。万万没想到他居然还带来了"重庆方案"。这足以说明重庆市科委把江津花椒申报国家"863"计划当作市科委的事情在做！顿时，他们申报成功的信心更加足啦！腰板儿也不自觉地伸得更直了。

更出乎李德良他们意外的是，科委领导从公文包中取出江津市委市人民政府关于江津花椒产业及精深加工项目申报国家"十五""863"计划的报告，并递呈给贾司长、郭处长。

紧接着，科委领导向贾司长、郭处长一一介绍了江津的三位同志。

李德良：自1995年7月任江津市委常委以来，就分管农业农村工作。在此之前一直从事农村基层工作，对农业农村工作有丰富的经验。

杨兴泉：江津市花椒产业化领导小组副组长，江津市粮食局局长。根据市委、市政府的讨论决定，由粮食联销公司承担花椒精深加工项目。该同志到市政府部门工作以前曾在江津市花椒基地先锋镇任镇长、书记。

聂勋杰：重庆市四面山花椒开发有限责任公司法人代表、总经理。江津花椒精深加工项目负责实施的主要承担者和执行者。

接下来，李德良代表江津市委、市政府发言。

发言言简意赅，用语精准，数据翔实，激情洋溢中又不乏态度积极诚恳。

贾司长、郭处长还有科委领导一边听着记着，一边还不时地提问。李德良不假思索，应答如流。赢得了领导们的默默点头赞许，投来的目光充盈着满意与欣喜。

这些都得益于李德良的长年坚持读书学习，使得他的发言有一定的理论深度。长年累月地记笔记，使得他的头脑异常清晰、有条理。因为理论与实践相结合，他的发言自然而然地有了一种摄人心魄的魅力。再加上他一年创作发表几十篇文稿的磨砺，大大地提高了他的归纳整理、书写表达、分析判断等方面的能力。他的发言自然就条理清晰，主题深邃明晰。

下面就开始了互动环节。

"你们江津花椒产业，可是名声在外啊！"贾司长不吝夸赞，"我们科技部的同志到你们江津考察了回来，十分感慨啊！"

"这些年来，江津花椒产业在中央各部委领导的关怀和精心培育下，取得了一些成绩。"早在1991年，国家林业和草原局就将先锋列入"全国重点花椒基地"。1993年3月27日，中国科协主席徐善衍在江津考察先锋花椒基地，给予了高度评价。1996年8月7日，中国信息协会信息咨询介绍中心主任张镜明就将"先锋花椒麻遍全国"的信息在《中外信息咨询》上发表。1999年12月29日，国防科工委原主任，时任全国政协常委的丁衡高来江津考察花椒产业发展，题词"江津花椒，麻遍全国"，给江津人民以极大的鼓舞。2000年3月21日，中国科学院院士、中国科学院地理科学与资源环境研究所教授李文化任组长，国家新闻单位参与的国家"西部大开发，建设绿色家园"活动在江津考察。赞扬江津"在退耕还林工作中闯出了新路，取得了生态效益、社会效益和经济效益的多丰收"。2001年5月，江津"骄王"花椒列入财政部支农项目立项扶持。同月，全国政协副主席张思卿来江津调研农村经济发展情况，对江津花椒产业发展为农村经济发展闯出了新路给予极高的评价。2002年1月26日，农业农村部副部长刘坚及种植业司司长陈萌山、农村经济体制与经营管理司司长陈晓华一行来江津考察江津开展农业结构调整调研活动，认为江津在发展特色农业、规模农业上迈出了可喜的一步。刘部长由衷地说："江津农业发展让我们看到了农业结构调整和农民增收的希望。"并题词勉励"发展特色农业，振兴山区经济"。2002年3月30日，国家粮食和物资储备局局长聂振邦来江津考察江津粮油生产，对花椒油加工项目十分感兴趣……

李德良如数家珍，侃侃而谈。他太熟悉了，因为亲身参与，所以记忆深刻，不用打草稿，把杨兴泉、聂勋杰都惊讶了个不已，贾司长、郭处长更是兴味盎然。

"很好，很好。你提供的这些情况十分重要。我们将原原本本地向领导汇报。这对你们的申报成功必将奠定很好的基础。"

最后，贾司长做了总结发言，表示非常高兴与大家见面，并且十分愉快地听取了大家的发言。我们将如实地向部领导和相关部门负责同志转达重庆市科委和江津市委、市政府的意见和要求。科技部、国家科委都有不少领导同志到江津花椒基地考察过，对于江津市花椒产业的蓬勃发展留下深刻印象。希望重庆市江津市的同志们回去以后，更加努力地做大做强花椒产业，带动更多的农民脱贫致富奔小康。愿江津的新农村建设取得更长足的进步，江津的明天更加美好。

"欢迎贾司长、郭处长到江津指导工作。"李德良发出真诚的邀请。

做客聂帅家

"护士，我要请个假，我要请个假。"听说老家江津来人了，因为腿伤住院治疗的聂帅的女儿聂力将军孩童似的欢喜，急急忙忙地给主管医生打电话："老家来人啦！老家来人啦！"

"可是……"主管医生稍显为难，"首长，您的腿……"

"我的腿已经好了呀！不信你看看，你们看看。"说着说着就要下床走给他们看。

"好啦，好啦，首长，俗话说伤筋动骨一百天，您这才几天呀？"医生护士赶紧搂住了她。

"他们那么大老远地跑来看我，我不回去见见，说得过去吗？"

好说歹说，才说动了医生，同意她回家看看。

打针吃药换药得搞好大一阵呢。聂力一边乖乖地听话，任由医生"打整"，一边打电话叮嘱聂帅办公室的周均伦秘书，好好接待家乡来的客人，千万别冷落了。"我一会儿就回来。"

按约晚上八点见面。李德良一行提前了些时间到达。周秘书和警卫局的张参谋就引领着李德良一行瞻仰了聂帅陈列馆、生前办公室等。看看时间差不多了，大家便往聂帅家走。

聂力的丈夫丁衡高将军刚刚开完会回到家。

因为大家都是彼此认识的老熟人了，自然有一种他乡遇故知的欣喜和亲切。

1999 年 12 月 29 日，时任全国政协常委的丁衡高上将来江津考察花椒产业发展，还亲笔题词："江津花椒，麻遍全国。"

李德良在座谈会上代表江津市委、市政府就江津花椒产业发展情况做了概括发言，和同事们一起聆听了丁常委的指示。

丁衡高将军对江津情有独钟，不仅仅因为他是聂帅的女婿，半个江津人。江津还是他的第二故乡呢！

抗战时期，丁衡高一家人躲避战乱而来到江津的白沙镇。他在白沙大圣寺的三楚学校接受中学教育。令他印象深刻又感慨万千的是：在聂帅率领指挥的攻克原子弹氢弹和人造地球卫星科技难关的科技大军中做出最杰出贡献的功臣中有两个人也是抗战时期在江津接受的中等教育！一个是周光召，一个是邓稼先。一个就读于聚奎中学，一个就读于国立九中，即江津三中、江津二中。他们俩都是彪炳史册的"两弹一星"元勋！或许是他曾任国防科工委主任的缘故吧，他常常不无骄傲和自豪地向同事炫耀：江津这西南地区的山区县就给共和国奉献了二十来位中国科学院、中国工程院院士。中国科学院院长周光召也是在江津受的中等教育。江津二中一个学校就走出了十四五位两院院士。这在全国来说也是不多见的。江津一中、三中培养出的拔尖人才，也如繁星闪烁，璀璨晶莹。就这角度说来，江津是个好地方。

丁衡高和聂力的爱情故事，是不是也和他曾经求学江津的经历有点关联呢？

也未可知。

也许吧。

聂力早已等在了家里。

李德良简明扼要地介绍了此次来的目的。

"好啊，好好好！江津花椒产业和花椒精深加工项目能进入国家'863'当然是件天大的好事情！这对家乡人民脱贫致富奔小康非常重要。你们做了件好事情！我支持你们！"

"我们党的初心是什么？不就是为人民服务？不就是为人民谋幸福吗？不就是脱贫致富吗？"

…………

丁衡高、聂力先后发表了热情洋溢的讲话，仿佛股股暖流涌向李德良和他的同事们的心窝窝，浑身都燥热了起来。

他山之石

　　江津的花椒产业经过 20 多年的发展，从无到有，由弱到强，确实取得了了不起的成就，不仅仅在重庆市，就是在全国也是饶有名气。数十万农民依靠经营、加工、种植花椒及培育花椒种苗等与花椒产业相关的工作，脱了贫，甚至发了家致了富。江津花椒已经成为江津名片，一块闪闪发光的金字招牌。

　　但是如果将它和中国"三大花椒之乡"的另外两个——陕西韩城市与山东莱芜市相比较呢？各自的优劣在哪呢？如何学其优，补我之短？如何知其劣以警惕我重蹈覆辙？这是李德良自任市委常委、分管农业农村工作以来萦绕在怀、挥之不去的"心结"。

　　何况我们还是中国花椒市场上的竞争对手呢！

　　孙子兵法云：知己知彼，百战不殆。

　　他想趁离"863"计划的申请报告的批复还有一段时间的空隙，带领与花椒产业紧密结合的部门领导和花椒产业重点发展镇街负责同志一道出去深入考察调研，学习别人的先进经验。他山之石，可以攻玉。也算为"863"计划万一获得批准之后的执行，做一个铺垫和准备。

是不是心有灵犀？抑或真的是"英雄所见略同"？

反正就是李德良一向市委书记、市长和各常委汇报自己的意见，便得到他们的一致赞同。

在陕西韩城市的考察调研中发现：一是陕西杨凌农业高新技术示范区是国家级农业高科技产业示范基地。这里集中了一大批农业科技院所和高等院校。韩城市的花椒产业"近水楼台先得月"，紧紧依靠这些科学家、技术专家的智力支持，推动花椒产业的快速发展。二是全市有七家花椒加工规模化企业。其中金太阳花椒油脂香料公司系"全国经济林产业化龙头企业"，宕达花椒香料公司为"陕西林业产业省级龙头企业"。

和韩城市相比较，我们的花椒加工企业起步晚、档次低、规模小。与我们现在35万亩，远期目标50多万亩的种植规模是不匹配的。

在山东莱芜市的考察中，李德良一行重点考察了大名鼎鼎的"大红袍"花椒本体所具优势：优质、高产、环境适应性强、出皮率高、椒皮厚实、色泽鲜艳、香味浓郁等。

陕西大红袍和山东大红袍共同长时间占据全国花椒市场高位，甚至是统治地位。名不见经传的青花椒长时间地被挤压在小旮旯里可怜兮兮。近些年来，闻所未闻的江津"九叶青"青花椒异军突起，摧枯拉朽，势不可挡。江津也在早些年成为"中国花椒之乡"，与陕西韩城、山东莱芜并肩矗立，从此就在中国花椒市场上呈现出青红花椒各美其美、各领风骚的景象，极大地满足了消费者的消费需求。

同时，他们又发现我们的"九叶青"花椒经过20多年的培优选种，无论是从气候土壤还是从水肥等自然环境的适应性上说来，其优势都更大一些，平均亩产大大高于"大红袍"的单位亩产量。"九叶青"一般来说能达到每亩 1000~1600 斤。至于花椒品质，经中国科学院地球化学研究所进行分离提纯试验，结果表明：江津九叶青花椒无论是香味还是麻味都明显高出相对比的"大红袍"。尤其是决定花椒品质优劣的最重要的指标"里哪醇"含量竟达到 59.24%，比"大红袍"高出 55%。

当然，我们的花椒产品开发企业还是少了些，尤其是骨干龙头企业仅有一个"四面山花椒开发有限责任公司"。可是，在开发上我们走在了前面。四面山花椒开发有限责任公司已经在开发出"骄王"花椒系列产品：花椒油、花椒调味液如微囊花椒粉等产品的基础上，又开发出保鲜花椒、花椒精、花椒籽油等花椒加工产品。远超陕西、山东老大哥花椒加工企业花椒产品相对单一的状态。四面山花椒开发有限公司年花椒加工量可达 13400 吨，生产花椒系列产品达 4000 吨。

通过外出参观考察，李德良对全国花椒种植的单产和总产、花椒的市场状况、各类花椒品质、花椒产品的开发等都心中有了数。由此更加深切地体会到我们江津气候类型多样、雨量充沛、热量丰富、雨热同季、丘陵低山为主、大部分海拔在 500~1000 米之间，地势高低悬殊、坡度大、地形破碎等具体自然环境条件，特别适合"九叶青"花椒的种植，真真切切的是"因地制宜"，"宜粮则粮、宜牧则牧"，只是这里的"牧"我们改成了"椒"。

于是，李德良和他的考察团队齐商共议，向市委、市政府递呈了考察报告。市委书记郭汝齐充分肯定了李德良一行的工作，并且认为他们报告中提出的今后的工作建议切实可行。

在后来的农业农村部产业化办公室给"首届中国花椒产业发展高峰论坛"组委会的信中，对于江津花椒给予极高的评价："规模之大、带动农民之多、综合效益之好、产业链之长，居全国首位。"

科技部党组书记、副部长在考察完四面山花椒公司生产经营和新产品开发情况后十分感慨："在一个县城内由高科技企业带动农民群众在一个产业，发展规模如此之大，综合效益如此之好，实属罕见！"

江津花椒产业和精深产品研发取得如此巨大成就，和这次的外出参观考察不无关系！开阔了眼界，看到了自己的优势与短板，明确了奋斗目标，鼓舞了士气……

哪个产业、哪个产品不想进入国家"十五"计划和国家"863"计划呢？尤其是国家"863"计划，那可是国家高精尖的具有战略地位的项目啊！

可是想归想，羡慕归羡慕。拿那些已经实施的，或者批准实施的项目、产业和自己的产业或者项目相比较，就不得不偃旗息鼓、退避三舍了。"算了吧，肠子想烂了连屎都没有地方装了。""国家的钱放得高、管得紧，不是轻易就拿得到的。"就是进入了，也有极为严格的考核、监管机制。一旦考核不合格，或者不能按时完成预定目标、任务，那也随时可能被淘汰。那脸就丢大了！

李德良和以郭汝齐书记、唐林市长为首的江津市委、市政府领导班子经过深入调查研究，严肃认真评估研判之后，一致认为这是一个促进江津农业产业化发展的大好时机，是做大做强花椒产业，搞好花椒精深产品开发，带领更多农民脱贫致富奔小康的关键之举，务必争取纳入国家"863"计划。

俗话说得好：说话听声，锣鼓听音。就是说要听出话里的话，弦外之音。又说：读书要读出字里行间没有写出的字句，读出文章背后的文章。

从向科技部贾司长、郭处长递交关于申请加入国家"863"计划的报告时的简单交流中，以及后来拜望江津老乡聂帅女儿、女婿的交谈中，李德良、杨兴泉都敏锐地感觉到：成功的可能性很大。

暗自庆幸之余，又深深地感受到压力巨大！

也就是人们常常说的"反过来促进你的改革和完善自己"。不然的话，一旦完成不了承诺就随时都有可能被"踢出局"，那才是自取其辱。

经过好一番深思熟虑之后，李德良深切地感受到当务之急是：坚定信心，统一意志，凝心聚力，真真切切心往一处想，劲儿往一处使。团结就是力量。团结才有力量。大家团结一致，就没有克服不了的困难，攻克不了的难关。

于是，提议组织一次包括农业农村工作办公室、林业局、粮食局、农业银行、农村商业银行、四面山花椒公司和花椒生产重点镇中的先锋镇、白沙镇、几江镇、石蟆镇、吴滩镇、德感镇的领导同志组成的参观考察团外出参观考察、调查研究活动。

市委书记、市长高度重视这次活动。行前亲自参加组织策划，考察调研活动后认真听取汇报。

参观考察活动取得了预期效果，市委书记、市长听取汇报后十分满意。

说来也巧啊！

李德良一行是4月10日出发，4月21日返回的。4月26日，以西南大学和中国科学院为技术支撑的花椒精深加工项目被列入国家高新技术研究发展计划，即国家"十五""863"计划就批准了！由重庆市四面山花椒有限责任公司承担该项目。课题号为2001AA248021。

"863", 来啦!

　　"863" 计划, 来啦!

　　"863" 计划来到了江津, 走进了江津的花椒产业。江津人民, 尤其是 60 多万椒农无不欢欣鼓舞。这是江津农业, 不, 这是重庆农业的天大好事, 是对江津花椒产业发展的肯定和褒奖, 更是寄予殷切的希望, 是鞭策和鼓舞, 更是指明了发展目标。它是国家"十五"计划的一部分, 这是压力也是动力, 江津花椒产业和精深加工项目直接就和国家高科技发展计划相联系, 成了它的组成部分。江津市委、市政府愈加感到肩上责任的重大, 尤其是主管农业农村工作的市委常委李德良, 更是不敢懈怠。令他感到十分欣慰和踏实的是, 江津花椒产业经过 20 多年的规模化种植、发展, 已经锻炼出一支拖不垮、压不碎的干部队伍, 敢打敢拼、敢于斗争的干部队伍。他们忠诚于党的事业, 牢记自己肩上的责任和使命: 发展花椒产业, 实现广大椒农脱贫致富奔小康。有 60 多万椒农, 热情高涨, 艰苦奋斗, 矢志不渝地为花椒产业的发展流着汗出着

力。群众是真正的英雄。团结在党的周围的人民群众是我们的
事业必然取得胜利的坚实保证。

李德良雄心勃勃，意气风发，在江津的花椒产业上，"向生
产的深度和广度进军"。不负百姓的期望，组织的信任。

江津花椒产业和产品精深加工项目批准进入国家高新技
术"863"计划的消息传到江津，翘首以待的江津人民群情激
昂，欢欣鼓舞。广大椒农更是奔走相告。原来还有些观望、犹
豫甚至有抵触情绪的农民朋友纷纷向村社干部要求，快快地加
入花椒种植的队伍中来，以赶上时代前进的步伐。在此后的一
年多的时间里，江津花椒的种植面积就从20多万亩，扩展到
了50多万亩，椒农队伍也由30来万人迅速发展壮大到60多万
人。从1980年辜文兴任高牙公社党委书记推广大面积种植花椒
到全市种植花椒10万亩，用了20年时间；从10万亩发展到20
多万亩，用了5年时间；从20多万亩扩大到50多万亩，用了
不到两年的时间。

江津花椒产业和产品精深加工项目进入"863"计划的申请
成功和顺利实施，对那些认为花椒"太小""不屑一顾""没有
发展前途"的妄自菲薄之人是重重地击一猛掌！让他们惊出一
身冷汗！认识到在小小花椒上也能干出一番大事业，小小花椒
也能搞出"高、精、尖"产品。

对于那些这也不可能，那也办不到的懒汉懦夫来说，更是
一个讽刺和嘲笑，同时更多的是一种警醒！振作起来，向生产
的深度和广度进军。科学是第一生产力。江津花椒产业和产品
精深加工项目进入国家"863"计划的申报成功，作为市委常
委、分管农业农村工作的李德良心里感到十分欣慰。

如何才能不辱使命、不负众望？把江津的花椒产业发展后
带领更多的农民脱贫致富奔小康，把江津的新农村建设搞得
更好。

　　就在国家"863"计划批准下达的第三天，即 2002 年 4 月 28 日，江津市科委与四面山花椒公司和西南大学正式签订《优质花椒精深加工技术开发协议书》。

　　紧接着四面山花椒有限公司继续投资 2200 万元，建设包括花椒精、微囊花椒粉、保鲜花椒、花椒籽油在内的花椒系列产品的现代化生产线，实现规模化生产。

　　与此同时，四面山花椒有限公司还和重庆市农业科学研究院、江津市科委、江津市农业农村工作委员会的专家教授、农业工程师签订协议，创新花椒种植技术；提高抵御病虫害的能力，研制生物农药；减少甚至杜绝化学农药的使用，降低乃至消除化学农药残留，提高花椒产品质量；开发耐旱耐土壤贫瘠的新花椒品种，减少花肥使用量，减少人工抗旱保椒的劳累，提高单位面积产量，延长花椒稳产高产年限，缩短从种苗栽种到盛产期的间隔时间，更早取得早期成果。

于无声处听惊雷

　　江津花椒产业和花椒产品精深加工项目进入了国家"十五""863"计划，实在是一件天大的好事，将有力地促进江津花椒产业的发展，江津花椒产业发展将进入崭新的阶段。这是一个机遇更是一种挑战！

　　所谓的新阶段，新就新在江津的花椒产业的发展，产品精深加工项目已经不再是关涉我们江津一隅，而是关涉国家战略层面了。必须从国家战略的高度来思考和处理问题。所谓的"天下兴亡，匹夫有责"不再是轻飘飘的说说而已的口头禅，和从来没有想过如何去兑现的"豪言壮语"。如今得实实在在地落实在自己的一言一行之中。

　　许是出身农家，受到父兄勤耙苦耕，默默付出艰辛与汗水的耳濡目染吧，李德良不事张扬，而是把在"申请报告"中的承诺一条一条地抓紧落实。具体说来，承诺无非是两大方面：首先是更多更好地生产花椒，一是可以满足调味品市场的需要，二是保障进一步加工的原材料供应。其次是

167

抓紧开发出更多更好的花椒精深加工产品，不断满足人民群众对美好生活的追求。这项工作做好了，又可以反过来消化更多的花椒，扩大了花椒的市场空间，农民手中的花椒就更不愁卖了，并且有望卖个好价钱。如此相互促进，相得益彰。

关于种植，江津花椒经过20多年的规模化发展，已经成功培育出独具特色的稳产高产的优质花椒品牌"九叶青"，并且形成了特色鲜明的种植技术。现在的问题是"向生产的深度和广度进军"。在已有的基础上，如何使我们的花椒产品质量更佳，单位亩产量更高，椒农的劳动强度更低。具体来说，就是推动四面山花椒有限公司与科研院所合作，更早更快地推出和普及花椒种植的新型栽培管理技术，实现投产期由三年缩短到一年半的预期目标。以及花椒稳产高产时间由8年延长到12年。平均亩产增加百分之三十至五十的计划指标。

行稳致远，稳扎稳打，步步为营。首先从选种育苗，建设好花椒母本园着手。下决心改进栽培管理技术，建成若干个示范园，让广大椒农学有目标、学有场地。

关于花椒精深加工项目的问题，只是抓紧已经与中国科学院和西南大学等科研院所签订的相关合同履行就可以了。

李德良一项一项地检查落实。

世上事，怕就怕"认真"二字。

有国家"十五""863"计划的引领和鼓舞，有市里包括市委常委李德良、副市长杨盛华、市人大常委会副主任何泽智等领导的督促检查指导，江津花椒产业链上的各项工作都有了长足的进步。

2002年5月8日，重庆市科委组织专家，对四面山花椒有限公司的科研成果"花椒精深加工技术的研究"进行鉴定。认为："项目选题正确，科研设计合理，技术资料齐全，数据可靠，工艺技术先进，完成了预期研究任务，达到项目合同要求。""该项目研制开发的工艺，是对我国花椒及其他香料综合深加工技术的进一步完善与提高，达到国际先进水平。"并建议："尽快投入中试，为大规模工业化生产做好准备。尽快实现量产，占领花椒产品的高端市场，创造更好的经济效益和社会效益，让广大椒农更快地脱贫致富奔小康。"

功夫不负有心人，经过中国科学院和西南大学与四面山花椒公司的通力协作、共同努力，到 2002 年底，四面山花椒公司不仅是开发成功，更是经过重庆市科委认定为"重庆市重点新产品""重庆市高新技术产品"的花椒制品就达六个：花椒精、花椒籽油、保鲜花椒、微囊花椒粉、鲜花椒调味液、花椒芳香精油。并且，上述产品全部获得国家创新产品专利。

更令人欣喜的是，四面山花椒有限公司搜集开发出多达 100 种花椒系列菜品，极大地丰富了餐饮企业和市民餐桌。

四面山花椒开发有限公司也获得"高新技术企业认定证书"。

2002 年是江津花椒产业和花椒产品精深加工项目纳入国家"十五""863"计划后的第一年。首战告捷，提振了大家的信心，鼓舞了大家的斗志，为争取更广的胜利，圆满完成申请加入"863"计划时所承诺的目标任务打下坚实的基础。在年底的四面山花椒开发公司的总结会上，李德良发表了热情洋溢的讲话。会议开始前，他和公司领导班子成员分别进行了深入交流，深入研究了企业发展进程中的各种得失和尚存的急需解决的问题，并征求了大家对来年的公司工作的要求和意见、建议。

时间一晃就到了 2005 年。经过全市人民的不懈努力，市委、市政府于 2001 年提出的争取到 2005 年底实现全市花椒种植面积达 50 万亩的目标提前三年实现。江津市也获得了国家林业和草原局颁发的"中国花椒之乡"的金字招牌。四面山花椒开发有限公司开发成功的"九叶青"花椒也被列入"全国林业标准化栽培示范项目"。

2005 年，更是江津花椒产业获得国家称号爆棚的年度。

元旦节后刚刚上班的 11 号，国家市场监督管理总局对"江津花椒原产地域产品保护"公告颁布。

几天之后，江津花椒基地被国家标准化管理委员会列为"九叶青花椒标准化示范区"。

5 月，四面山花椒开发公司的"花椒精深加工项目"被列入"国家火炬计划"。

6 月 19 日，在"首届中国花椒产业发展高峰论坛"上，农业农村部产业化办公室贺信称赞江津花椒产业"规模之大、带动农民之多、综合效益之好、产业链之长，居全国首位"。

10 月 17 日，国家市场监督管理总局公告《江津花椒地理标志产品保护》（2005 年第 150 号）。

10 月，四面山花椒开发公司产"骄王花椒系列产品"获"第三届中国国际农产品交易会畅销产品奖"。

12 月 30 日，江津"九叶青"花椒获国家林业和草原局林木品种审定委员会颁发"林木良种证"。

江津区花椒产业开发和花椒产品精深加工项目再次入选国家"863"计划。

一向默默无闻的重庆西部，四川盆地与云贵高原接壤的过渡地区的大山皱褶中的农业县在一年的时间里居然获得了如此之多的国家级称号、大奖，仿佛一声声惊雷在中华大地炸响。震耳欲聋，目不暇接。这就是人们常说的"于无声处听惊雷"吧！

这一声声惊雷，就是对江津党委政府几十年如一日，一茬接一茬地"咬定青山不放松"，紧紧抓住花椒产业不放松，心往一处想，劲儿往一处使，艰苦奋斗，默默奉献，带领农民群众脱贫致富奔小康的回报。

李德良和他的同事们在这一声声的惊雷中接受洗礼。清爽、欢愉、满足、安逸。

农企合作闯新路

2010 年 5 月，带领吴滩 41000 名农民脱贫致富奔小康，建设社会主义新农村的历史使命交到新上任的镇长张世英这位年轻的共产党员肩上。这一年她刚刚 40 岁，年富力强，英姿飒爽。

吴滩镇的农业产业化发展在前几任领导的带领下，硬是把它打造成了重庆市的"菜篮子"。不过，蔬菜种植对土、肥、水以及技术都有较高的要求。对于那些破碎地块、山坡地，以及大量的田坎土壁来说，就不太适合大规模的蔬菜种植了。这些土地上的广大村民脱贫致富奔小康怎么办？照先锋、石门、龙门等镇街的实践经验看来，花椒种植倒是一个不错的选择。脱贫致富路上一个不能少，一个也不能落下，得派一个善于动脑子，敢"拼命"的人去。苦干实干加巧干地艰苦奋斗，把吴滩的花椒产业做大做强起来，带入先进行列中来。

组织的殷切希望，村民们的热切盼望，让张世英深感肩上责任重大。如何才能不辱使命？吃苦倒是不怕。可是仅仅如此还是不够的。一个几乎没有任何工商业支撑的纯农业镇的镇长，要带领全镇人民实现脱贫致富奔小康，并且不落下一个村民，这又谈何容易，又岂是"苦干"就能实现的？

路在何方？

人民，只有人民，才是历史发展的真正动力。

只要有了人，什么人间奇迹都能创造出来。

群众是真正的英雄。

问计于民。

真正地"从群众中来，再到群众中去"。

没有下车伊始就哇啦哇啦。尽管她能说会道，出言不凡，语惊四座，毕竟做过多年的党校教授。其实，还是有好些人希望听到她发点"高论"的。毕竟在吴滩有好多基层党员干部在党校学习时都听过她的课。她的课理论联系实际，深入浅出，生动活泼，颇受大家欢迎。

"吃别人嚼过的馍没有味道"。

她没有坐在办公室听汇报看资料，而是一头扎进村组，深入农户了解、掌握第一手材料。

她欣喜地发现，现龙村村民利用荒山荒坡种植花椒达5020亩，从事花椒种植的农户有1572户，占全村总农户的86%。规模种植达到10亩及以上、花椒年收入达到10万元及以上的农户达70户。仅仅花椒一项，2009年该村人均纯收入达2838元，占农户人均纯收入的64%。这是多么了不起的事啊。有谁知道这曾经是一个"用钱靠贷款，吃粮靠返销"的贫困村呢？

她走进了郎家村妇女郭群的家。

这是一个朝气蓬勃、风华正茂的"用脑子"种地的"智慧型"农民。她创立的花椒专业合作社，需要特别申明的是：专业合作社的前面没有"种植"二字限制。她的心大着呢！她得给"加工""经营销售"留下发展空间和余地。她采用"公司＋专业合作社＋基地＋农户"的模式，发展花椒产业。仅2009年，她的合作社就收购入社会员的花椒达500余吨，产品销售到全国各地，郭群的合作社也被重庆市供销合作社评为"示范合作社"。

先进村、先进个人的成绩令人欣喜，倍受鼓舞。如何和他们一起归纳、总结已经取得的成绩，提炼出能够推而广之的经验。与此同时，也寻找他们事业发展中的不足，帮助解决他们发展中所遇到的通过自身努力也难以解决，需要政府帮忙解决的问题。

张世英认真思考着。

她也走访一些发展落后的村社，尚处于贫困状态的农户更是她重点走访的对象。她暗暗地叮嘱自己：务必要在最短的时间内将每一个建卡贫困户都走访到家。和村社干部一起商量如何帮助他们尽快实现脱贫致富奔小康的目标。在全镇范围内彻底消除绝对贫困户。早日实现全镇人民现行标准下的小康目标。

和农民朋友打交道，热情和真诚是必须的。但是这又是远远不够的。他才不管你镇长什么长呢，表面的恭敬迎合之下潜藏着他自己的"小九九"。这或许就是文化人常常挂在嘴边的"虚与委蛇"吧。这或许和我们的某些同志工作不踏实、作风虚浮、轻承诺少实绩不无关系吧。张世英一次又一次地下到农户院坝，下到田间地头。海阔天空，家长里短，儿女情长，娃娃胖嫂嫂肥，仿佛邻家小幺妹。说到高兴处，同掬一捧眼泪，说到伤心处，共叹一声长息。至于花椒，至于生产，至于政事，你愿谈，我认真回应。你不谈，我也不主动提及。总而言之，不是来"做工作"不是来"掏他心窝子"的。

信任，只有建立在"实绩"上，隔膜、藩篱、心结，只有"实绩"才能冲破、拆除。谨小慎微，小心翼翼，有些理论家、研究学者认为是农民固有的特性，是小农意识，是小农经济的必然产物。这些认识，张世英都难以苟同。

责任和使命都需要她尽快地拿出实绩，把工作大踏步地向前推进一步又一步，容不得她慢吞吞。

甚至镇机关内部，村居干部也开始对她的"不作为""慢作为"有了些不理解。

有句俗话怎么说来着？

不在慌上，不在忙上，活儿出在师傅的手上。

也有人说："咄，人家是不鸣则已，恐怕是要一鸣惊人的呢？"

张世英自然有她自己的打算和安排。

其实，张世英一直在忙着寻找花椒市场。所谓的市场经济，说得简单直白一点，那就是只能有了"市场"，才能有"经济"。从产品到商品，从价值到价格，都得通过"市场"来转换，来实现。农产品和工业产品的最大不同在于：除了受市场供求关系的影响之外，还受自然因素的影响。而自然因素又反过来影响市场因素，即生产农产品的农民就要多承受一重风险。这就导致了农产品的市场价格波动太大。其中当然包括花椒在内。就吴滩镇的实际情况来说，前年每公斤鲜花椒卖出5~6元的价格。椒贱伤农。而去年最好时卖出每公斤12~13元的价格。巨大的市场波动极大地挫伤了广大农民群众的种椒积极性。寻找和开发相对稳定的花椒市场，最大限度地减少因为市场价格巨幅震荡给吴滩的花椒产业带来的负面影响，是摆在镇长面前的当务之急和最大难题。

如何破题？

张世英充分发挥自身优势，多年的党校教育工作使得她在市场经济、农业产业化、市场营销等学科领域学养深厚。深厚的学养一旦和生产、市场的实际相结合，便使得她思路清晰，所得主意高人一筹。多年的党校教育又使得她人脉资源广博丰厚。一阵"遍撒英雄帖，诚邀天下客"之后，方方面面的信息、意见、建议从四面八方涌来，只等她择善而从。

极强的沟通能力和亲和力，再加上她热情大方、开朗爽快的性格，使得她身边的亲戚朋友也都愿意为她分忧解愁，伸出援助之手。

譬如说吴滩镇和重庆德庄集团有限公司的联姻，就得益于重庆市委党校的朋友。

重庆德庄？不由得使人想起"德庄火锅"来。不错，火锅中是要放入花椒的。可是一家火锅店，不，即使一百家一千家火锅店一年又能消耗多少吨花椒呢？我们吴滩镇一年要产多少万吨鲜花椒啊？

当吴滩镇可能和重庆德庄签购销合同，并联合共建花椒基地的消息一传出，有些人嗤之以鼻。"我还以为新来的镇长有好大的本事呢，原来？呃？不摆了啰……"一些酸酸涩涩的话不时地在长长的吴滩场街游荡，在三岔河上飘忽。

也许，这就正应了那句"常言道"吧：抱的希望越大，失望也就越大。

其实啊，即使就是签了一年八千吨一万吨的合同，不也是了不起的成就吗！别站着说话不腰疼。你也去签个十吨百吨的销售合同回来看看！

不错，重庆德庄是从经营火锅起步的。德庄火锅确实名贯神州。可是如今的重庆德庄早已不只是经营火锅的集团公司了。例如它所属的全资子公司"重庆德庄农产品开发有限公司"就是农业产业化国家重点龙头企业。专门负责德庄连锁体系的餐饮原辅料及成品的生产配送，以及调味品、汤品的生产及市场销售。近年来，甚至向其他连锁体系乃至于超市提供产品。

于是，所得出的结论就是：花椒需求量不可限量。

　　正是看到了重庆德庄的这一巨大潜能，张世英才千方百计地"追求"她。执意要将吴滩花椒"打"进去。

　　四川花椒、甘肃花椒、陕西花椒、山东花椒、云南花椒为了争夺这个市场，早已捉对厮杀白热化，让天昏地暗日月无光。

　　就在这斗争如火如荼之际，张世英携着"吴滩花椒"，大喝一声："我来啦!"

　　凭什么步伐如此豪迈? 靠什么声如洪钟、气宇轩昂，如入无人之境?

　　凭我吴滩镇郎家村是全国"文明示范村"和现龙村是全国"一村一品示范村"的金字招牌。这"一品"就是大名鼎鼎的"九叶青"花椒。现在该村花椒种植户达 1972 户，其中加入花椒种植专业合作社的就达 1500 多户。全村花椒种植面积达 7240 亩，专业合作社实现标准化生产管理。这就为花椒品质提供了保障。靠什么? 靠有"花椒教授"罗云高这样的种椒能手传帮带，带出了一批又一批的种椒能手。如今吴滩有数十位种椒能手活跃在全国 20 多个省市的田间地头，指导当地椒农如何修枝整形，如何施肥灭虫，如何保花保果……

　　"花椒大苗移栽后，前十五天只能用清水淋，否则不易成活……"老罗们全是传的真招，讲的实话。巫山县红庙村请老罗去讲课后，500 亩花椒地，一年收干花椒就达十几吨。椒农们欢天喜地，乐不可支。

　　张世英把调研所得随便讲出几点，就让重庆德庄农产品开发有限公司总经理和其他领导同志们瞠目结舌，让竞争对手们没有了话说。

　　如果到此为止，就不是张世英了。尽管到此为止已经征服了重庆德庄农产品开发有限公司的各位老总、部门领导和参会的朋友，也包括竞争对手。她不紧不慢地从小包中取出了几个小口袋，仿佛江湖郎中摆中草药摊。

四溢的椒香暴露了口袋的秘密——花椒无疑。

她从一个个口袋中各抓一把花椒摆在桌上。

"这是我们吴滩产的九叶青花椒。"她指着正中的一小堆花椒说。

"这是我从重庆市场买来的各种花椒。"她指着其余的花椒堆说。

"各位朋友,俗话说不怕不识货,就怕货比货。且不说我们吴滩花椒颗粒更大,籽粒更饱满。就说这果皮上突起的小疙瘩,是不是更多更大突起更高呢?那个才是花椒的精华所在!它叫'油胞'。"

谁也没有想到这个一直不吭不哈的女人会以这种方式在众人面前崭露头角。没有鸣吁呐喊,更没有扯旗放炮,语气平缓稳重,态度诚恳大方,又岂止巾帼不让须眉就可概括、形容?好一副胜券在握的大将风范。

会后,重庆德庄农产品开发有限公司的老总一行数人兴致勃勃地来到吴滩实地考察吴滩镇花椒产业发展状况,包括种植、种苗繁育、花椒种植的技术培训、花椒产品的后加工以及花椒产品的深度开发等全产业链发展情况。大开眼界,大呼惊喜,大叫"想不到"。

这下子,吴滩和重庆德庄农产品开发有限公司的合作就得提档升级了。除了一般的你产我购之外,他们还要深度介入,不,是融入绿色花椒基地的共建之中。这不,重庆德庄农产品开发有限公司和重庆吴滩农业服务有限公司联手共建3000亩绿色花椒基地的签约仪式几天后就在吴滩镇政府正式举行。

消息传开,举镇欢呼。

"还以为她就是个弹花匠的女儿——会弹(谈)不会纺(干)呢。原来却是个'狠角色'!"

"没用的狗响吧唧,咬人的狗闷声不开腔。"

"……"

农村人自有自己夸赞人的特别语言，质朴、厚重，又韵味悠长。

沉浸在吴滩花椒产业迎来新的发展契机中的吴滩椒农们万万没有想到，他们的镇长会乘胜挺进，不放过任何一个能够推动吴滩花椒产业发展的机会，创造新的惊喜。

经过前期大量的工作，在 2011 年 12 月重庆市农民专业合作社农产品展销会上，吴滩宝塔蔬菜专业合作社生产的"九叶鲜"干花椒和花椒油产品，又成功地与重庆市农产品集团公司对接。自此以后，吴滩的"九叶鲜"干花椒和花椒油将登陆广袤的重庆市场。

机会只垂青有准备的人。这话一点不错。吴滩的"九叶鲜"花椒和花椒油质量确实不错。遇机会推出，便大受市场欢迎与追捧。

不是也得有人能识得机会、抓住机会呀！这中间可有一门大学问——市场营销学。张世英，这位学养深厚的党校市场营销专业课教员一进入市场，就理论联系实际，其效果立显。捷报频传便是对她"知识就是力量"的最佳报偿。而带领农民群众早日脱贫致富奔小康则是她共产党员的责任与担当、使命与初心。有机会为老百姓做点事情，做成点事情，一种幸福和满足油然而生，久久萦绕。至于农村工作的苦和累又算什么呢？我还年轻，浑身有使不完的劲！

2016 年 9 月 2 日，一颗新星在吉林的长春农业博览园冉冉升起，那么地璀璨夺目，那么地激动人心。由重庆市江津区吴滩镇选送参加第十七届中国绿色食品博览会的"彬哥花椒"以其麻香味的独特和浓郁纯正以及富硒的特色优势，傲视群雄，独领风骚，从而戴上金色桂冠！

而它，已经不是第一次、第二次，而是第三次在中国绿色食品博览会上夺冠了。

"彬哥花椒"是重庆吴滩农业服务有限公司生产的众多花椒产品之一。

看到那一座座金光灿烂的奖杯，张世英心潮起伏澎湃，双眼噙满激动而欣慰的泪水。

为了这些金牌，作为镇长的她，倾注了多少心血和汗水，甚至于她自己都不清楚。

或许，有人对什么金杯银杯没有什么兴趣。世上不是流行"金杯银杯不如老百姓的口碑"一说吗？

其实啊，此杯非彼杯，杯杯不相同。

在生产"彬哥花椒"的江津区重庆吴滩农业服务有限公司的 3000 亩现龙花椒生产基地，一亩花椒地产鲜花椒 600 公斤以上。好一点的可达亩产 1000 公斤，最高亩产达到创纪录的 1500 公斤。取其中间值亩产 1000 公斤计算，以平常年景鲜花椒 10 元每公斤计算，椒农每种一亩花椒就有一万元的收入。一般农户家庭种植三五亩花椒，花椒年收入可达三五万元。大大地超过现行标准下的"贫困线"，实现了真真正正的脱贫致富。

这，才是张世英最感欣慰最觉温暖和幸福的。

2010 年张世英担任吴滩镇镇长之初，在下村入户的调查研究中认识了有女能人女汉子之誉的郎家村村民同时又是重庆吴滩农业服务有限公司董事长的郭群。这年郭群 46 岁。就是这位不甘寂寞的普通妇女，2001 年从农村广播学校下岗后承包了 127 亩山地种植花椒，并且创办了重庆吴滩农业服务有限公司，决心要在花椒方面"杀出一条血路"。

几句话的交谈和现场的参观，张世英就被眼前这普普通通的农村妇女的精神风貌所打动，看到了蕴藏在吴滩农民身上的千方百计摆脱贫穷困扰的巨大创造力与爆发力以及知识的力量。毕竟她又不同于一般的农村妇女。她是农村广播学校的教员，知识鼓起了她要在花椒产业上一展身手的风帆。

毕竟她和她都曾是"教师"，只是一个是党校教师，一个是农广校教师而已。于是就有了许多的共同语言。更可喜的是她们俩都是好强的女人，都想要在各自的岗位上干出一番事业。共同的理想、志趣使她和她成了好朋友、好姐妹。

郭群身上闪烁的不畏艰险、不服输的人性光辉给了张世英带领全镇四万多群众脱贫致富奔小康的启示与鼓舞，信心与力量。"多好的共产党员啊！一个党员就是一面迎风招展的旗帜，充分发挥全镇成百上千的共产党员在农业产业扶贫工作中的先锋模范作用，吴滩的未来充满希望！"张世英好生感慨。

2010年6月，刚刚来到吴滩，接过"镇长"接力棒的张世英来郭群的农业服务公司考察的时候，她看到经过郭群夫妇十年的艰苦奋斗，吴滩农业服务公司已经有了一定的规模。他们当初承包的127亩山地上的花椒也长势喜人，一派丰收景象。这处受他们的影响和带动的广袤大地上的花椒也已铺天盖地，郁郁葱葱。现吴滩花椒种植面积达2万多亩。

同时她也了解到，因为四川、贵州、云南、湖南、江西以及重庆市的酉阳、黔江、大足、永川等地花椒种植面积的迅速扩大，异军突起，花椒市场的无序竞争，使得整个市场价格低迷。椒贱伤农，椒农苦不堪言，严重地挫伤了椒农种椒积极性。椒园疏于管理，致使大量的椒树生病、早衰乃至死亡。椒农怨声载道，这给了刚刚上任的镇长张世英一记棒喝：经过了30年的艰苦奋斗，好不容易才发展起来的吴滩花椒产业，岌岌可危。很有可能毁于一旦。类似的例子，绝非绝无仅有，而是十分普遍的。她的心一阵紧缩。可不能就这样眼睁睁地看着它衰败下去啊！

"吴滩花椒产业要翻身！发展花椒产业，带领全镇人民脱贫致富奔小康是二三十年来吴滩镇历届领导班子和吴滩人民的选择。把吴滩花椒产业发展好，使吴滩人民早日脱贫致富奔小康，这是我们共产党人的责任和使命。"共有的危机意识，使得张世英和郭群发出了共同的声音。这，或许就是人们常说的"英雄所见略同"吧。

"公司＋农户"是个好法子，这也是我郭群的初心。可是我的公司十年发展，跌跌撞撞、步履蹒跚，尽管有了很多的进步，也取得了显著成绩，但是它的规模、它的效率还不那么尽如人意，没有多大的带动力。郭群也实话实说。

张世英又如何没看出来？

"给我一点时间。我想，我们会找到解决问题的办法的。活人还能给尿憋死？没有翻不过的火焰山，也没越不过的通天河！"

张世英的回答也斩钉截铁，毫不拖泥带水。没有"研究研究""考虑考虑"的托词腐语。把"危"变成"机"，这才是最考验"危机处置"能力和水平的！

而这，也正是区委干部考核组组长李德良最看重的能力。尤其对主政一方的主官来说显得特别要紧，是考核领导干部的主要指标。把吴滩这个江津农业产业化发展的重点镇交给这位年轻的女同志，正是看重她的把控全局的能力和危机处置能力。

组织的信任，广大农民群众的热切期盼给了张世英巨大的压力，同时更是一股无穷的动力。"责任重大，使命光荣"早已不是课堂上的说说而已，如今是要她拿出实际成果、践行这句话的时候了。经过"长时间的调查研究，问计于民，虽还不敢说成竹在胸，却有了相当的主意"。此时的她，正在下一盘大棋。

行家一出手，就知有没有。

落子无悔。四万农民的事业，四万农民的一年收成与汗水，衣食保障，容不得有半点的闪失。

确定"子"为郭群的农业服务有限公司，自然有张世英的长久观察和调查研究后的深思熟虑。共产党员的身份是首要因素。为人民服务是每个共产党员一切工作的出发点和落脚点及归宿。"因此，我才把我的公司取名为农业服务公司。"曾经的农广校教师，掌握一定的农业科技知识，对"科学技术是第一生产力"有较深的理解和执行的自觉。这是能办事和办成事的底蕴。性格开朗热情大方，和群众关系和谐融洽，有相当的亲和力，这是能够带领和带动农民群众增收致富的性格基础。当然，她年富力强，风华正茂，激情四射，有干劲有冲劲等也是能挑重担的重要因素。她有着发挥共产党员的先锋模范作用的自觉。这是最为张世英所看重的。

在镇长张世英和郭群的反复分析比较、研究判断之后，将重庆吴滩农业服务有限公司的经营管理理念调整为"以科技为依托、以市场为导向、以效益为目标"，特别强调了科学技术在企业发展中的依托作用，向科技要市场，要效益，明确而响亮地提出建立"公司+基地+农户"的公司运作模式。

这些看似漫不经心的改革，却极大地提高了公司的"品位"，使得郭群的重庆吴滩农业服务有限公司在众多的农业企业中脱颖而出。

这就为以后的引进高科技企业，并且与之合作联姻做好了铺垫。

当市场竞争处于白热化状态，同质化、一般性的企业和产品只能被淘汰出局，唯有注重在细节上下功夫的企业才能独立寒秋，璀璨峥嵘！

种下梧桐树，只等凤凰来。

只是带领群众脱贫致富奔小康的使命不等人。广大群众对早日实现小康生活的迫切愿望不等人。

于是，张世英一边和郭群夫妇一起苦练"公司内功"，种植"梧桐树"的同时，还努力去寻找"凤凰"。"种得梧桐树，自有凤凰来"也只是一句话而已。天下可没有"自然而然"那么便宜的事，"酒好也怕巷子深"啊！郭群夫妇早就盼望着"凤凰"来了！可如今一则是求的人太多，二则信息往往不对称。受着社会交往的局限等原因，"凤凰"久久不至，郭群只有心里干着急。

如今有张世英鼎力支持，情况就大为改观了。倒不是因为她"镇长"的地位，而借助的是她长期党校教师的经历，尤其是和市委党校关系的紧密。市委党校社会主义学院培训了许多共产党员基层干部，他们中有许多就是企业家。而社会主义学院更是培训了许多企业老板……终于经过一系列的运作，她们成功地将重庆德庄集团下的重庆德庄农产品开发有限公司，这个国家级重点龙头企业引入吴滩，与重庆吴滩农业服务有限公司对接，成功签约。

具有国家地理标志保护的名牌花椒"九叶青"种苗以及栽培管理技术引进来了。

3000亩绿色花椒基地建设起来了。

投资1500万元的高温灭酶，低温冷却，保鲜速冻生产线建成了。

容量为1000吨的花椒冷冻库建成了。

两条青花椒油生产线建设成功了。

八条花椒烘干生产线建成投产了。

更令郭群和她的员工和朋友们喜出望外，做梦也不会想到的是：

麻辣调料生产线，

火锅底料生产线，

老鸭汤底料生产线，

酸菜鱼底料生产线等相继建成投产了。

重庆德庄火锅全国有 400 多家加盟店。长期以来以每年 150 家的速度增加着。对于上述这些基础产品的需求量大得差点没让吴滩百姓惊掉下巴！仅是花椒原浆油年均需求量就达 50 吨以上。50 吨花椒油，得要多少鲜花椒才能榨出来哟！难以想象……

2013 年 12 月，担任吴滩镇党委书记后的张世英再推一把：她和郭群董事长、杨彬总经理探讨：公司能不能采用股份制，吸收部分椒农也入股，分享公司发展的红利？扩大企业生产线，形成种植、采收、贮藏、加工、销售等完整的生产链条？

经过这些年市场经济的洗礼，人们的思想觉悟、胸怀眼光、观念意识等都今非昔比。实现股份制绝不仅仅是经营理念、管理方式的转变，更多的是财富观念形态的质的跃升。

郭群和她的丈夫毫不犹豫，毅然决然实施了企业的股份制改革。

员工和椒农的生产积极性空前高涨，公司发展也取得重大突破。仅 2015 年，公司便生产保鲜花椒 900 吨，干花椒 50 吨，青花椒油 200 吨，青花椒原浆油 50 吨，麻辣调料、火锅底料等 1000 吨。公司当年收入达到 4209 万元，利税达 286 万元。

由于花椒市场展现出了十分广阔的前景，再也不怕"卖椒难"。一斤鲜花椒以前最低市场售价仅为两三元。椒农气得要么毁椒林改种别的作物，要么放弃管理，任其自生自灭。如今一斤卖到十来元，高的甚至达到十二三元。椒农们可真的是"睡着都笑醒了"，从来没有卖过如此好的单价。看到种植花椒有如此高的"搞头"，农民们纷纷改种起了花椒来，市场对农业产业发展的推动作用真的是不容小觑！从来没有如此深刻地影响和改变人们的传统价值观念过。仅花椒种植一项就带动 5320 户椒农增收 1200 多万元。人均花椒产值收入达到 5478 元。如今吴滩全镇有 2.6 万农民种植花椒，占全镇总人口的 61.9%。

2016年，重庆吴滩农业服务有限公司又比去年销售收入增加了23.3%，利润增长16.4%。

成绩斐然，激动人心。

郭群笑了。笑得那么开心，那么灿烂。

2017年1月，郭群荣获重庆市杰出人才（农村实用人才）突出贡献奖。

镇党委书记张世英感到由衷高兴，特别向她表示热烈的祝贺！

品牌，企业的生命

蛋糕越做越大。

由于种植花椒的比较效益几近种植玉米的十倍，尤其是退耕还林地、瘠薄的坡地种植花椒更是环境保护、水土保持、经济效益一举多得的最佳选择，广大群众种植花椒的积极性空前高涨。吴滩42000人中就有26000多人种植花椒，年花椒产量达到11500吨。

而江津全区花椒种植面积早已经突破50万亩，花椒年产量达22万多吨。江津的花椒种植面积和年产量均数倍于其他两个全国花椒基地。全区从事花椒种植的椒农达60余万人。

无论对吴滩镇还是对江津区而言，这都是一个输不起的产业。

于是就有"忧国忧民"的"有识之士"忧心忡忡，甚至于心急如焚。抱着"红旗到底能打多久"的怀疑论者不时地吹来阵阵凉风。"莫看他龟儿子们现时跳得欢，就等着他们到时候如何拉清单。"等着看笑话的幸灾乐祸者阴阳怪气。没有种植花椒的人中则有的等着看笑话，有的暗自庆幸。"任凭风浪起，稳坐钓鱼船"。而那些意志薄弱的椒农又产生了怀疑和动摇，纷纷找张世英要个"说法"。

作为吴滩镇的党委书记，数万椒农的主心骨，张世英必须挺身而出，十分清晰明了地给椒农们吃"定心丸"！

一切以数据说话。

到底是从党校教育工作岗位转过来的领导者，比一般的同志更早地对"大数据"感兴趣，并且用它指导自己的工作。

大数据表明：全国有近六成左右的人对中国八大香辛料之一的花椒喜爱。年需求量为三万吨以上（干花椒）。现在可供量为一万多吨（一斤鲜花椒烘干后可有一两五钱左右）。并且，每年在以 12% 左右的速度递增。由于青花椒独具特色和风味，市场对青花椒更加青睐一些。所以对青花椒的需求更是以 15% 的速度增长。同时，为了不断满足广大群众对新的生活的向往的需求，就必须不断地向生产的"广度和深度"进军，真正地"发展生产，保障供给"，实现"供给侧"革命就显得尤为重要和迫切。调查研究表明，广大人民群众对于以花椒为原料，开发成功的日用化工产品、医疗保健用品、新型调味品等的需求量，更是以 20% 的速度增长着。这些还不算庞大的国际市场！

谣言从来就没有不攻自破的。如果真有那样的情况，那造谣生事者岂不是瞎子点灯白费蜡了吗？张世英和镇党委其他领导同志掰着手指一项一项地算，通过讲事实摆道理，令人口服心服。

谣言败于智者。这是永远的真理。

可是哎，这个世界总有那么多的"可是"，似乎是专门考验我们的奋斗者，我们的共产党人为人民服务，带领广大农民群众脱贫致富奔小康的决心和毅力、智慧和能力似的。那种杞人忧天，对花椒产生抱怀疑论者的谣言刚刚才摁下去不久，卖椒难、椒贱伤农事件还是出现了。

张世英当然是心急如焚。

可是她没有惊慌失措。她静下心来，沉入市场中去。既然是花椒市场出了问题，当然就得沉入花椒市场啰。"心病还得心药医"嘛！

江津花椒这棵"摇钱树"刚刚可以"摇"下点金钱，椒农的腰包刚刚有了几张百元大钞，有些人人性中的恶就沉渣泛起，就搞什么掺杂使假、以次充好、剧毒农药残留超标，甚至欺行霸市、强买强卖，花样百出，让人防不胜防，严重地败坏了江津花椒的市场声誉，使外地客商"谈津色变"。于是乎就有了即使一公斤四五元也卖不出去的状况。并且请人采摘一公斤花椒还要开两元多的人工费呢。

广大椒农苦不堪言。

其实，这种现象一直都存在着，伴随着江津花椒产业从无到有、从小到大的全过程。无论是区还是各街镇，为了治理这种乱象没有少花功夫。严厉打击时，情况稍微好一点。一旦稍微放松，那种种的丑恶就猖獗泛滥。根本解决之道在哪里呢？

2013年的花椒市场低迷，椒农苦不堪言的"阵痛"，给了张世英推行她"公司＋基地＋专业合作社＋农户"的花椒生产经营管理模式绝佳的机会。

这种模式首先在郭群的农业服务公司和与德庄公司合作建设的绿色花椒基地——现龙村实施。

郭群的当家品牌"彬哥花椒"及制品在出口日本时惨遭退货的教训实在太深刻太刺激太过痛彻心扉——农药残留超标。从那之后她一直想办法解决这个问题。

品牌，是企业的生命。

作为企业家，产品质量出了问题，品牌信誉受到沉重打击，她没有向任何人"甩锅"。没有抱怨、没有骂街，更没求告于政府出手干预，狠狠打击那些良心丧失的农户，而是反复深思细索企业管理的改革之路，向管理要"声誉"、要效益。

作为主政一方的主官，龙头企业遭此困难，张世英自是心如刀割。看到前面一茬又一茬的同志们几十年如一日带领全镇群众艰苦卓绝地奋斗，好不容易才终于发展壮大初具规模，初见成效的花椒产业因为一些人的利欲熏心、弄虚作假、胡作非为等而毁于一旦，她心急如焚。

打击！打击！

治理！治理！

严刑重罚！严肃法纪！

会上会下，众口一词，不绝于耳！

历史的经验值得注意。人性中的恶又岂是一纸公告几条法典就能灭绝的？严厉打击，只可能震慑一时。之后一旦有适当的气候、土壤还不又沉渣泛起？

能不能换个维度思考？不是为了故意与众不同、标新立异，也不是为了故弄玄虚、故显高明，只是为了我吴滩26000椒农。农民突然闯入大市场，一时间难以适应，呛几口水本没什么。但是他们中难免会有相当的意志薄弱者、能力尚差者，会挺不过去。那可都是我们的父老乡亲、兄弟姐妹呀！于心何忍？于情何舍？我是全镇人民的"党委书记"。我在党的旗帜下，在上级党组织面前，在全镇人民面前宣过誓：脱贫致富奔小康的路上决不落下一个人。

誓言不是儿戏。

郭群也是这样想的，只因为她的胸前也戴着一枚红彤彤的党徽。

对。换个角度思考。

三岔河微波荡漾，太阳光下闪烁金辉。

一个高大的身影渐渐清晰，渐渐走近！

189

呵呵，呵呵，大禹！大禹啊，是你吗？

哗哗，哗哗。哗哗，你在呢喃？说什么呢？

……哦，哦哦……我听到了，我听到了："堵不如疏？"

"对对！堵不如疏！"

三岔河边的漫步，张世英豁然开朗。

"有了，有了。我有了……"

"有了？"郭群从来没见过她的党委书记、她的小幺妹如此的欣喜若狂，张扬个性。

"有了？几个月了？我怎么就没有看出来？"

"去去，哪个给你说这个事儿啰。"

"女人说有了，不就是这样的事，难道还有别的事儿？看把你高兴的！"

"我是说你们企业产品农药残留超标的事儿，花椒市场上出现的弄虚作假、欺诈使坏的事儿的解决办法我心中有数了。"

"真的？"

"我还骗你不成？"

"是什么样的呢？"

"还记得大禹治水的故事？大禹治水一反前人兵来将挡、水来土掩的旧办法，而是另辟蹊径，采用疏浚的办法治水。效果出奇地好！"

"你的意思是……"

"你是企业家，企业出了问题自然是从改变企业管理层面去想办法啰。我是从事社会管理、市场管理的，既然是市场上出现的问题，就要在市场上寻找解决问题的方法。"

"？？？"郭群如坠云里雾里，不知就里。

"走，我们回去好生合计合计。"

一个崭新的经营模式诞生了

办法总比困难多。

一种崭新的企业经营管理模式经过反复论证并经过实践检验证明确实可行，并且行之有效，正式公布诞生：

公司＋基地＋专业合作社＋农户。比之前的"公司＋农户"内容更充实，更符合经济发展规律，也更行之有效。

公司：重庆吴滩农业服务有限公司。

基地：重庆吴滩农业服务有限公司和重庆德庄农产品开发有限公司合作共建的绿色花椒种植基地。

专业合作社：绿色花椒种植基地内的农户每30~50个组成一个花椒种植专业合作社。

农户：各花椒种植农户。

这次改革的最大亮点是，组建的专业合作社：设社长一人。负责全社日常事务管理工作，向公司反映农户心声，同时传达贯彻公司领导的工作安排等。设技术员一人。负责全社椒农的栽种、施肥、治虫、除草、修枝、采收的技术指导。全基地采用统一的肥料、农药品牌，以及统一的施肥打药时间。统一技术指导，分户实施。此外，再在专业合作社下设技术组。20户左右为一组，大家推出技术组长一人，具体负责发放化肥、农药，同时负责该小组的技术指导。这样一来就有效防止了乱施化肥乱打农药的乱象出现。公司购置高清摄像设备，对花椒生产的全过程进行有效监控。让消费者也随时监控。

还有一项工作则由公司承担：对各地块进行重金属以及酸碱度等检测。对土壤重金属含量严重超标的地块进行钝化处理，以杜绝花椒产品重金属含量超标。严格按照有机食品标准进行生产管理。对凡不符合标准的花椒原料一律不准收购，产成品一律不准入库。

重庆吴滩农业服务有限公司每年都需要原料花椒3000吨，并且每年都在递增。它自己的3000亩基地肯定产不了这么多，还得大量外购。外购标准仍然坚决贯彻执行有机食品标准。符合标准的花椒收购价在每公斤20元左右，最高的达到二十三四元，而外地市场价价格好时每公斤十一二元。

市场的这双无形之手，不动声色地把"弄虚作假""胡作非为""欺行霸市"等丑陋恶习清除得干干净净。没人愿做"赔了夫人又折兵"的赔本买卖，费力不讨好。

花椒基地出产的鲜花椒完全符合国家有机农产品标准要求。不仅成了市场的宠儿，更是受到精深加工企业的欢迎。好原料自然出来好产品，好产品自然卖得好价格。重庆吴滩农业服务有限公司的花椒精深加工产品，出口东南亚乃至欧美，畅通无阻。

公司效益好了，第一件事就是扶贫。这里的贫，也是相对而言的贫了。吴滩椒农中的国家扶贫标准以下的绝对贫困户早在几年前就全部脱了贫，他们是临时遇到的贫。公司免费提供花椒种苗，免费提供化肥农药，免费提供技术支持，等等。

同时，公司还为社会的公益事业提供资金支持等。郭群想尽一个共产党员的责任，践行入党的"初心"和"使命"。

独具慧眼

　　精心呵护、热衷帮扶的"重庆吴滩农业服务有限公司"创造的"公司＋基地＋专业合作社＋农户"的发展模式一出现就受到社会各界的广泛关注，更为广大椒农所热烈欢迎，取得相当不错的经济效益和社会效益。作为镇党委书记的张世英内心感到十分欣慰。这是吴滩花椒产业的发展模式上的一个创举，一抹亮色。更令张世英欢欣雀跃的是，仅仅一个现龙村，也就是郭群公司的绿色基地村，仅靠花椒一项年收入达到 10 万元的农户就高达 70 户，甚至年收入 50 多万元的人家也不在少数。

　　"张书记，你那说法还是保守了些哟？"

　　"啊？"

　　"年花椒收入超过 10 万元的农户应该叫'比比皆是，才能概括、才比较切合实际。"郭群的丈夫杨彬快人快语，"我在给大家结账，我还不晓得吗！"

　　扶持和培育龙头企业，当然更着意于它的影响和带动以及示范作用，寄希望于它能够"一花引来百花开"。张世英深知"榜样的力量是无穷的"。以事实说话，用典型引路。

毕竟，重庆吴滩农业服务有限公司一年的花椒收购量仅仅3000吨。尽管在常人看来，3000吨花椒已经是个天文数字。可是它和吴滩全镇产量的11000吨相比较，还不是一个数量级。还是太少了些。

深谙重点和一般的辩证关系的张世英在重点帮扶郭群的农业服务公司，取得突破的同时，也和吴滩镇党委政府各部门领导具体负责着帮扶照顾其他的相对重庆吴滩农业服务有限公司而言属中小型公司的吴滩本土的花椒加工经营企业。16家！这对于只有4万多一点人口，3万多亩耕地这样一个体量偏小的镇而言，确实是一个了不起的数字。为了这些企业的创立和发展，张世英和她的班子成员们倾注了多少汗水和心血，谁也没有计数。帮扶这些企业，责任到人，他们的所有付出和奉献在全镇人民心目中，尤其在各企业经营者的脑海里，都记忆着，镌刻着。

除重庆吴滩农业服务有限公司以外的16家花椒加工经营企业消化了吴滩椒农生产的3000吨鲜花椒。

也就是说，依靠吴滩本土的花椒加工企业，一年能吸纳处理全镇花椒产量11000吨的一多半——6000吨。这是一个了不起的成绩。这个成绩不仅是在江津，就是在全国花椒产区中的镇域比较也都是骄人的。不只是拓展了销路，更提高了花椒的附加值。企业自己赚了钱，椒农所生产的花椒价值也更大了。他们在这些附加值中分得了那些属于自己的部分。令他们喜出望外，乐不可支。

仅仅止步于此，显然不是张世英所要的。她心中的数，不能只数到此。还有5000吨的量靠椒农自己背着去闯市场？既不现实，也于心不忍。碰得头破血流不说，还难免会"椒贱伤农"。不是说"当官不为民做主，不如回家卖红薯"吗？做什么主？当务之急就是你得做主将椒农手中的 5000 吨花椒给卖了，并且还得卖出个好价钱。

此时此刻张世英狠抓落实实施的花椒品牌战略的强大感召力、号召力和吸引力展现了！

因为吴滩"九叶鲜"花椒品牌响，质量优，政府招商力度大，服务好，四川幺麻子调味品公司来了。尝到甜头的幺麻子，又连续引来了万佛、麻妹子、涛胖、金点等十几家兄弟姐妹公司。这些公司一年又能吸收 3000 余吨花椒。

余下的 2000 来吨花椒就交由本土的花椒经纪人经销了。这不仅没有一点问题，甚至于还常常不够他们销的。至于重庆城里的一些花椒经销商要来吴滩收购花椒，常常是兴致勃勃而来，垂头丧气而归。要收购吴滩花椒？——明年请早。

是受重庆吴滩农业服务有限公司与重庆德庄公司合作生产的花椒油等花椒精深加工产品畅销海内外，赚得盆满钵满的影响？还是用"九叶青"花椒生产的花椒油风味独特？四川幺麻子等几家公司对吴滩花椒油情有独钟。可是，毕竟重庆德庄公司财大气粗，在设备投资上舍得花钱，而幺麻子等在资金上却又有些捉襟见肘，好生为难。

历史上吴滩场就是永川陈食、璧山广普去油溪乘船上去泸叙，下行渝州涪万乃至湖湘的必经之道上的重要驿站。顺江而下的食盐，溯江而来的火柴百货都在油溪登陆，马驮人挑经吴滩去陈食广普，去更遥远的地方。经年累月，市场经济、商业营销的意识便渗透进吴滩人的血液灵魂，改变着吴滩人的基因。不然的话，吴滩周围并不是油桐集中产区，为什么却有几家榨油厂。油菜是产一些的，却无论如何也"喂不饱"几家榨油作坊蒸锅中那似乎永远也填不满的大蒸甑。可是这又有什么关系呢？陈食广普五间丁家不多的是吗？挑盐驮百货去的人伙马匹回程不正好"不打空手"，走一趟挣双份的钱。同时也喂饱了吴滩场上油坊的老板，养活了榨油工和他们的孩子老婆。副产品油饼不是还是上等的肥料吗！吴滩人带着幺麻子等公司的老总们参观着吴滩油坊旧址，叙述当初的辉煌的同时，张世英也没有忘记津津乐道当年吴滩所产桐油还作为重要战略物资，为抗战胜利做出过巨大贡献呢！

旧话之所以重提，只是因为四川幺麻子等公司老板根据传统的吴滩榨油业基础，开启了一个因陋就简，节约投资，方便快捷上马的思路，搞不起德庄那样的"高大上"，就搞它个"土法上马"。杀猪杀屁股，各有各的杀法嘛。思路决定出路，传统也能撑起大格局。"天啦，这硬还真的是运气来了，挡都挡不住呐！一不小心就来到了历史上的产油圣地。不发家都真的不行！"当那个姓王的老板参观了吴滩老街那几处残存的油坊旧址，考察了郭群农业服务有限公司的花椒油生产线，差点没把大牙都笑掉落下来。

根据西南大学中心实验室检测数据：花椒壳含油量 10.73%，花椒籽含油量 27.06%。

"这个好，这个好。我可来对地方了。我们将大量地收购，大量生产、销售。"王老板当场拍板决定，"张书记，你真的是点石成金，使我们茅塞顿开，茅塞顿开啊！"

有道是：一院两头住，生意各做各。

四川幺麻子公司要的花椒油运回去自用、销售。

我吴滩椒农要的是把所产花椒卖出去。

令吴滩椒农喜出望外的是，原本是人见人厌的废物花椒籽甚至无需"摇身一变"就成了宝贝疙瘩，就出油率而言比花椒壳更金贵的金疙瘩，名副其实的"喧宾夺主"了，直乐得椒农梦中也打哈哈。"这真的是世道变了，世道变了，什么新鲜事儿都有，什么稀奇事儿都有啊！"一位姓丁的百岁老人笑得合不拢嘴。

"你呀，硬是运气来登了啊，天上掉馅饼的好事居然都给你碰到了！"有朋友见到张世英，高兴中不无"羡慕嫉妒恨"地恭喜道。

一个人越能看到无形资源的存在，就越能感觉到丰实。张世英到吴滩任职后，闲暇时候，总是一个人在吴滩场街村庄去走走看看，溜达溜达，和老百姓聊天。尤其对吴滩的历史感兴趣。知识的广度，开阔了人的视野，撑大了人的胸怀，打开了人的格局。一个地方的人文历史，实在是不可多得的无形资产啊！这些，又有几人能够理解、能够注意呢？

是啊，招来的不是一家两家，而是五家六家，是够让人"羡慕嫉妒恨"的。

张世英笑笑。说什么呢？

如果你那个镇也培育出一个"全国精神文明示范村"（郎家村），一个全国"一村一品示范村"（现龙村），如果你所在的镇生产的农产品也获得"国家农产品地理标志登记产品"，如果你的镇也有中央电视台、中央教育电视台和农业农村部等联合组织的《源味中国》摄制组的青睐，取景拍摄：通过挖掘吴滩花椒独有的自然性和人文性，讲述了吴滩花椒特定的生态环境，展现了吴滩花椒的独特之处……你们镇也会招来令人喜出望外的客商。

这，也是一种无形资源！可又有几个人能深得其中三昧呢？

女人的微笑是神秘的。例如蒙娜丽莎的微笑，谁能猜得明白，说得清楚？

张世英也是女人。她的微笑却是爽朗的、明晰的。她工作的地方吴滩就在那里，她心心念念服务的四万吴滩老百姓就在那里，两万多亩花椒树也在那里……这一切的一切都会告诉你。瞒是瞒不住的。

二十五，到吴滩吃鲊。

在素有美食之都之誉的重庆，名目繁多、特色各异的美食争奇斗艳，美不胜收。

然而在这物资极其丰富，各种美食竞争激烈的当下，人们的胃口越来越刁钻了起来。早已经不仅仅是要吃饱，更多人开始讲究吃"文化"、吃"品位"、吃"精神"内涵了。这一下子就使得许多的美食相形见绌了起来，同时，又理所当然地使得一些美食声名鹊起，各领风骚。

吴滩美食——鲊，就以它味美形美色美文化内涵美而久负盛名，流传千年而不衰。

只是酒好也怕巷子深。吴滩场被长江、成渝铁路，甚至油溪去永川的公路、德感去璧山的公路、德感去朱羊的公路撇开了，"挤兑"到了一个偏僻的山沟里，默默无闻地孤寂着。曾经饶具盛名的吴滩鲊也少有人问津。

吴滩镇机关食堂一个星期不吃三回鲊都要吃五回鲊。吴滩街头的饭馆酒店的菜单上也是没有三个鲊也有五个鲊。即使到了农家户，端上桌的菜肴中也绝不会少了鲊。贫家富户概莫能外。稍微留心，你会发现，只要是食材，无一不可鲊。鸡鸭鱼肉、猪牛羊肉自不必说。就是普通如牛皮菜、血皮菜、四季豆，甚至青海椒、嫩豌豆、青胡豆、红苕、土豆等都可鲊。鲊、鲊、鲊！仿佛吴滩人做菜除了鲊一个技能外，其余什么都不会似的。

这是为什么呢？吴滩人怎么就对"鲊"这一种烹饪方式情有独钟呢？吴世英决定去挖个究竟。

毕竟是女人。凭借女人对生活细节的敏锐，更多借助教书人深厚的学养："事出反常必有妖"的警醒，捉住这个"妖"。

这是生活中的小细节。"细节决定成败"的提示在耳畔震耳欲聋。

探究一下，看看这"鲊"的后面究竟藏着什么"幺蛾子"。既然在吴滩盛久不衰，必定有它存在的道理。

话说当年有一姓童的商人来吴滩场租房开店经商，生意不温不火，只能勉强维持。急于求成，想大富大贵的童老板整天愁眉苦脸，焦灼不安。一日，吴滩场来了位云游和尚。童老板毕恭毕敬地向和尚讨要发家致富之方，并竭力挽留和尚手把手教给他经商之道。童老板带着儿孙跪在和尚面前，并许诺：我若大富大贵了，必定在吴滩场择址建庙，我子子孙孙都敬献香火，早晚撞鼓鸣钟。诅咒发誓，信誓旦旦，并将誓言烧灰和水吞入肚中。其心之诚天地可鉴！

在和尚的帮助下，童家生意渐有起色。童家人喜不自胜，同时也把和尚当作长辈至亲一样敬重。可是天有不测风云。就在童家生意开始欣欣向荣的景象出现之际，童老板外出经商路上偶感风寒，一病不起，不几日便一命归天。家人遵其遗愿将其葬于吴滩场对面的螺蛳山上。

在和尚的悉心指导下，童家后代将生意越做越好，越做越大，甚至"可以买下半个吴滩场"，可是童家再不提修庙建寺的事。和尚催促多了，童家掌门的大儿子嫌弃和尚啰嗦，干脆将其逐出家门。贫病交加的和尚无处可去，只得寄居山崖洞中，风寒交加，病死山洞，还是三邻四舍按出家人礼规安葬了和尚。

多年后的一天，老和尚的弟子寻找师傅来到吴滩。没有了老和尚的指导辅佐，已由孙子掌管的童家生意一落千丈。此时的童老板见有和尚云游至此，仿佛见到了救星。"我家祖坟埋得好哇！祖宗保佑！"学着祖父的样子，把云游和尚接进了家门，热情招待，讨要致富秘方、经营之道，乞求和尚指点迷津。

云游和尚在童老板的带领下把吴滩场以及四周山水转了几大圈，最后"指点迷津"说："童家生意之所以由盛转衰，全是因为这三岔河河妖作怪。"

童老板仔细想想，觉得此话太对了。近些年里三岔河常发山洪，淹了吴滩半截街。这和尚真是神了。他又没来过吴滩，怎么会知道前些年发生的事情？确实，每次山洪暴发，都会给我童家造成严重损失。

"怎么办呢？"童老板迫不及待，发财心切啊！祖辈因为靠云游和尚指点迷津而发家致富的印象还栩栩如生地镌刻在脑子里，尽管那时的他还是少年。

"宝塔镇河妖。知道吗？"

"对，对对对对！"一语点醒梦中人，童老板恍然大悟，"谢谢师傅教诲。"书中早有说道。为什么就忘记了呢？

发财心切的童老板于是变卖家产，筹措资金，硬是在三岔河畔修起一座宝塔。

河妖倒是"镇"住了——接连几年都没发大的山洪了。

"接下来呢？我又该如何办呢？"童老板这时去找云游和尚，却偏找不着了。不知云游到了何方。

原本就家道中落，欠了一屁股债的童老板为了发家致富重振家威，而猴急虎跳地去举债修宝塔。塔成了，童老板家却"雪上加霜"，成了压死这"骆驼"的最后一根稻草。童家破产了，成为吴滩人口中的笑柄。

"这个童老板哇，倒是傻到家了！你看啊，那宝塔像不像一个蒸笼？蒸笼不远处的河滩上两条石埂像不像一双筷子？旁边的螺蛳山上的童老板的父亲、祖父的坟墓像不像两个螺蛳？这个童老板啊，不孝之子，不分明是要将父亲及祖父给鲊来吃了吗？童家不败才怪。"不时有人在三岔河畔调侃、嘲讽童家老板。

本就家道中落，为修宝塔而欠下一屁股外债的童老板更加焦虑难耐，又被街坊邻居甚至过往客商、山野村夫这左一阵讥讽嘲弄，右一阵挖苦调侃、辱骂戏弄，急火攻心，一口气上不来，便一命呜呼了。

"这就是前辈人不讲诚信后辈人的下场！""活该！"经童家店铺而过的人们都忘不了鄙夷地指指戳戳说上几句，吐几口唾沫。俗话说"父债子还"，可是有一些债，后代还得起，有的债，后代是怎么也还不起的啊！尤其是那种不讲诚信，坏了良心的"债"，一旦欠下，几辈人都难以偿还清楚。所以才有"什么债都欠得，唯良心债欠不得"。一旦欠下，子孙后代、辈辈代代都还不清。

童家搬出了吴滩场。

吴滩鲊和关于鲊的故事却留了下来。

故事里的事说是就是，不是也是。故事里的事，说不是就不是，是也不是。

吴滩和吴滩人民用吴滩鲊和关于吴滩鲊的故事迎接张世英的到来。

"多淳朴的民风！多好的吴滩人！"张世英无限感慨。

宝塔早已没了踪影。

螺蛳山还在，那双硕大无朋的"筷子"还在。吴滩鲊还在。吴滩人对"不讲诚信""搞欺诈""耍赖皮"的深恶痛绝的民风还在。讲良心、讲诚信的传统美德还在。

透过这鲊，透过这鲊背后的故事，张世英看到吴滩人那扬在脸上的自信，长在心底的善良，融入血液里的骨气，刻在生命里的坚强，蕴含在基因里的诚信。于是，油然而生出一种搞好工作的壮志豪情，信心倍增。

在以后的岁月里，张世英用吴滩鲊招待来吴滩投资兴业的老板、购买花椒等农作物的客商，招待来传经送宝、参观考察的远远近近的朋友，当然不忘把吴滩鲊背后的故事讲述给他们听。

可千万别小瞧了这鲊，这鲊背后的故事！它带来的经济效益和社会效益没有人说得清。反正有好些客户老板自嘲说："张书记，我就是奔着吴滩鲊和鲊故事来的咯！"

张世英还力促着把《吴滩鲊》和《吴滩鲊的故事》收入吴滩申报中国历史文化名镇的《传统美食》和《民风民俗》栏目中。

不知不觉间，到吴滩吃鲊，居然成了一种时髦，一种潮流。吃了还想吃，来了就不想走。三天不吃吴滩鲊，腿软脚也炪。吃了吴滩鲊，干事有劲头，意气风发。

不是吗？好多花椒客商真的就长住没走。其中一大因素，就是冲着那韵味悠长回甘的吴滩鲊。

经济与文化的交响

　　张世英没有扯旗放炮地去搞什么"山歌节""苹果节""玫瑰花节""打鱼节"等，理想很丰满，现实却很骨感。热衷于搞那些五花八门的"文化搭台，经济唱戏"的花架子，落个客里空。而是扎扎实实地去扶持实体经济，不遗余力地培育龙头企业，寄希望于能"一花引来百花开"。退一万步讲，即使起不到那么理想的效果，可是我做一个算一个成功一个，久久为功。一个一个地做下去，最后还是可以"满园春色"的嘛！只是要多花时间和功夫罢了。农村工作，最要紧的是干实事、求实效。画饼终究还是充不了饥啊。有人调侃乃至戏谑说中国农民都是"一把米的鸡"。且不说这样的说法如何的偏颇和可恶，只是想说：你拿得出"一把米"，拿出过"一把米"？集腋成裘，聚沙成塔。若人人都拿出自己的"一把米"，那该是什么景象呀！这"鸡"不就可以喂得肥肥的了吗？

　　脚踏实地，不尚空谈，务求实效，这是张世英对自己的警惕和警示。事实证明了她在吴滩工作的卓有成效！杀出了一条血路，走出了一条"公司＋专业合作社＋基地＋农户"的发展花椒产业新路，取得了良好的经济效益和社会效益，受到广大群众的欢迎和爱戴，受到领导和同志们的肯定和赞许，仅此一项农民户均收入就增加 2000 多元。张世英支持的郭群花椒专业合作社被重庆市供销合作社总社评为示范专业合作社。郭群也被江津区妇联评为"双学双比"先进个人、区"十佳新农村建设女能手"。

作为区委常委的李德良也一直关心、关注着这个年轻女干部的成长。数次到吴滩检查指导工作，帮助她解决一些实际工作中遇到的困难。

说到上级领导的关爱，这里不得不提到另一位区委常委领导对张世英，对吴滩工作的支持和关心关注。用现在还在吴滩工作的同志的话说：没有他的支持和帮助、鼓励和指导，就没有吴滩今天的大好形势。当然张世英，当时的吴滩镇委书记，对领导的关心关爱和指导培养的感激之情更是溢于言表。

尽管他已经因为工作关系调离江津几年了，吴滩的同志们乃至人民群众还是盼着他"常回家看看"。人们想念着他哪！

他，辛华，时任中共江津区委常委、宣传部部长。

曾在一个地方工作，调离多年以后，这个地方的同志们、广大人民群众仍然念着他、想着他，希望他能常回来看看，确实难得啊！他究竟做了些什么，居然会赢得人民如此的爱戴呢？

事情还得从头说起：

甫一接到吴滩任职通知的张世英内心深处不是激情澎湃、豪情满怀，更没有杯箸相碰、得意忘形，更多的是陷于沉沉的回忆、深深的思索之中。

吴滩，聂荣臻元帅的故乡。都说一方山水养育一方人，又说地灵人杰。吴滩这块土地究竟是怎样的钟灵毓秀，才养育出聂荣臻元帅这样杰出的党和国家领导人，人民解放军的创建者与领导者呢？作为他的家乡人，作为党校教师，张世英没有少"回"吴滩，山形水势烂熟于心，田园阡陌镌刻在脑，和老伯神聊海侃，与大嫂漫话家常。当然也在图书馆的书山中攀登，在资料库的文献中徜徉。

一纸任命，就这样把带领四万吴滩人民把聂帅家乡建设得更加精彩美好的责任落到了张世英肩上。聂帅一幅"江津是个好地方"的题词，既是对家乡的赞美也是对家乡人民的希冀，更多的是一种鞭策！此刻读来，张世英有一种别样滋味在心头。一定要建设好聂帅家乡，实现他的遗愿和嘱托。每天都有四海宾客九州朋友前来吴滩拜谒聂帅雕像，瞻仰聂帅故居，学习聂帅精神。吴滩，俨然成为江津区的客厅，江津区的门脸。就这些意义说来，在吴滩任职，就多了一份责任和使命。

明人不用指点，响鼓不用重槌。心有灵犀一点通。张世英自然有这么一种自觉。

把聂帅的家乡建设好，把江津的"客厅""门脸儿"装扮得漂漂亮亮，任重道远。是种责任，也是一个机会，一个发展吴滩，让吴滩迅速崛起，使得吴滩四万人民早日脱贫致富的机会。这是张世英的过人之处，她总是能够从各种各样的看似风马牛不相及的事情中发现"发展"的机会！她无需"借我一双慧眼"。她的血液里、基因中本来就储存着。就以前来瞻仰聂帅故居纪念馆，聂帅曾经就读的插旗寺山庙，聂帅种下的庙后的桂花树的四方宾客来说，这是一个多大的"资源"啊！她把他们和发展吴滩花椒产业相联系，和打造中国历史文化名镇相联系，特别难能可贵的是，这种联系没有一丝半点的生拉硬扯、牵强附会，硬是让这种结合天衣无缝，恰到好处，顺理成章。

五湖四海的宾朋前来瞻仰聂帅故居，追寻聂帅成长的足迹，从中得到启迪和教益。一方水土养育一方人，创造出属于这方土地的历史和文化。张世英到吴滩任职后的走村入户，十分欣喜地发现，吴滩的前任主政者不知道抵御了多少的艰难和诱惑，硬是没有对吴滩场以及陈家祠堂、万寿宫、中兴桥楼、现龙石桥等古建筑大拆大建，充分展现出他们对人民的负责，对历史的敬畏，对文化的尊重，展现出共产党人的博大胸怀和对未来发展的高瞻远瞩！为了满足广大人民群众对美好生活的向往，另外择址，再建一个新的吴滩场。

从历史长河中走来的吴滩场基本完好地保存了下来。这是一个奇迹。每每踏进吴滩老街，张世英都会稍许驻足，静气凝神地看着长街，行个注目礼。这是对为保护古镇做出贡献的前辈的致敬，是对长街的致敬。

令张世英欣慰的是吴滩场除了保存基本完好之外，烟火气仍在，居民们一如往常地过着恬淡而舒适的生活。更难能可贵的是基本没有商业"开发"。不多的店铺仍如五十年八十年前的样子。这在全国各地的历史文化古镇中也是少见的。这，或许就是人们常会挂在嘴边的"原汁原味"吧！似乎岁月在此凝固，时间停住了脚步，历史忘了翻篇。

东街、西街、河坝街等五条主街，以及四条水巷子承载着历史，寄托着万千吴滩游子的乡愁。保护好老街是张世英考虑得最多的问题。与此同时如何发展吴滩镇的经济也没有少让她"伤"脑筋。

申报"中国历史文化名镇"经过深思熟虑、反复论证之后在张世英和镇党委政府领导班子同志之间达成了共识。

张世英将吴滩镇申报"中国历史文化名镇"的打算向区领导，分管宣传文化工作的区委常委、宣传部部长辛华同志做了汇报，得到辛华部长的完全支持和鼓励。并且指示：要在申报过程中一方面抓紧挖掘整理吴滩的历史文化，一方面注重发展吴滩经济，把这两个方面结合起来，探索出一条经济文化相结合的道路来，做成一个样板、一个示范，创造一个经验。

　　其实，这也正是辛华部长心目中的"张世英"，他对她没有看走眼。尽管不能说就是他提议将张世英任命为吴滩镇镇长、书记的，但是他毕竟是区委常委，至少在常委会上讨论人事任免时，他是举了手的、同意了的。就是应该让一个对吴滩文化历史有相当的了解、热爱，并且懂得如何充分利用好这一优势的人来主政吴滩，提振吴滩的农业产业发展速度，使得广大吴滩人民早日脱贫致富，实现小康，奏出一曲经济文化相结合的交响曲，并让这首交响曲威武雄壮，灿烂辉煌。

　　于是就有了受吴滩古老的榨油产业的启示，翻新出"榨"花椒油的新产业。以前谁又会想到花椒也能榨油？更没想到花椒籽，人见人弃的废物也是榨油的好材料呢！先人们辈辈代代所说的花椒油，其实就是将菜籽油煎沸之后加入适量的花椒，之后再熬煎一会儿，去其渣，得其油。其实只不过是加入了花椒味的菜籽油而已。

　　于是就有了吴滩传统美食——吴滩鲊招待客商，让客商在享用美食的同时，又聆听美食后面的传奇故事，感悟吴滩人对于失信人和不讲诚信的事情的深恶痛绝。最后为吴滩人的诚信所打动，来吴滩投资兴业，来吴滩采购花椒等农副土特产品，充分解决吴滩农副土特产品的"卖难"。

　　于是就有了重庆德庄农产品开发有限公司与重庆吴滩农业服务有限公司的联手合作。朋友的介绍、联系搭桥是一个方面，重庆德庄农产品开发有限公司更多地看重的是吴滩镇历史文化底蕴深厚，和正在申报中国历史文化名镇这个举动。经过与要求和他们联手合作的众多镇相比较后，认为吴滩的申报一旦成功，将极大地助力于企业的发展。中国历史文化名镇的含金量将是难以估量的，这是其他的镇不能比拟的。后来发展的事实也确实证明了他们当初的判断和选择是正确的：厚重的历史文化哺养出的人们的道德修养、人文素质、精神风貌都是不同的。所以生产出的花椒原材料品质就要好得多，招收到企业的员工素质也更高一些。另外，也是非常重要的一方面，那就是随着申报的成功，吴滩在全江津区、全重庆市，乃至全国都声名鹊起。知名度和美誉度所形成的吸引力是那么巨大，来吴滩参观旅游的四方宾客八方朋友蜂拥而至。旅游业得到前所未有的发展。德庄和重庆吴滩农业服务有限公司的花椒生产加工企业也成了新的旅游景点。他们所生产的众多花椒精深加工产品成了游客们的伴手礼，馈赠亲朋好友的"礼包"。德庄的声名远走四方、广为传播的同时，也促进了销售。一举多得的奇妙效果差点没让老板睡着都笑醒！

于是，那些来吴滩参观聂帅故居，接受革命传统教育、红色旅游的朋友也多了一个去处——参观中国历史文化名镇。于是乎，聂帅故乡行的活动更加丰富多彩。留住了客人，也就留下了消费。乡村旅游，可是美丽乡村建设的重要抓手。中国历史文化名镇的获批，有力地推动了吴滩包括花椒产业在内的农业产业化发展。

吴滩，奏出了经济文化融合发展的美丽交响，令人欣喜，令人欢畅。

于是，就有了吴滩现龙村"全国一村一品示范村镇"，就有了占全镇总人口61%的椒农人均收入5478元的辉煌成就，就有了花椒加工企业达61家的入驻，就有了仅靠花椒一项收入达十万元以上的农户比比皆是，达四五十万元年收入的农户也不在少数。

2018年，吴滩镇申报中国历史文化名镇获批时，饮水不忘挖井人，懂得感恩的人怎么能忘记为了这申报成功做出重大贡献的区委常委、宣传部部长辛华同志和已调任江津区农业农村工作委员会主任，吴滩镇原党委书记的张世英呢？尽管几年过去了，行走在吴滩这块土地上，仍能感受到吴滩人民对他们的满怀感激之情溢于言表。摆起他们那些为"申报"成功，为吴滩花椒产业的发展，为吴滩实现脱贫致富目标而殚精竭虑、不辞辛劳的龙门阵，吴滩人民滔滔不绝，激情洋溢，令人惊叹，令人感动。

金杯银杯不如老百姓的口碑！辛华、张世英们把自己的名字镌刻在了老百姓的"口碑"上，这是多么美好多么令人骄傲自豪的啊！

运筹帷幄

2000年的梅雨季特别的长，且雨量还特别大。这是上苍在那里故意为难江津吗？难道是它早就闻知国家林业和草原局领导要来江津视察不成，故意地淋漓酣畅地梅雨下个不停。这哪里还是普通意义上的梅雨哟，一改淅淅沥沥的缠绵，变成了滂沱倾盆。唉……

国家林业和草原局领导是来考察和调研"退耕还林"政策贯彻执行落实情况的。江津市委副书记杨盛华负责接待，并陪同国家林业和草原局领导们考察调研。杨盛华副书记负责联系市农委系统工作。

考察调研之余，杨盛华盛情邀请国家林业和草原局领导们顺便也考察一下先锋花椒的生长情况。先锋可是国家林业和草原局早在1991年就命名的"花椒之乡"啊！

既是考察，又是汇报。

令人颇多感慨的"节外生枝"场景突显了出来。一个非常非常小的细节被杨盛华和国家林业和草原局领导们抓住了：流水经过椒林地带是清清亮亮的，而流过椒林以外地方的雨水却是混混浊浊的，有些地方的流水甚至像泥汤一样。

这个"泾渭分明"现象说明了什么呢？

俗话说，响鼓不用重槌，明人不用指点。可是杨盛华还是"犯忌"地饶舌："看来这花椒树的固土、防止水土流失作用还是蛮不错。"

国家林业和草原局领导们一边点头称是，一边还真的躬下身子刨开花椒树下泥土仔仔细细地观察研究了起来：看花椒树根系状况，伸展的宽度，扎根的深度，拥抱泥土的牢实情况，等等。

专家就是专家。对特别情况的敏感度，紧紧抓住问题，对问题探讨的深度和广度都非一般人所能企及。

如果就此结束这次调研就不是杨盛华了。常言道，东边日出西边雨，我们现在呢是在西边，当然是说的金沙寨的西面坡，这里几年前是一片荒坡野岭，除却碎石便是偶尔的几丛芭茅、刺茏长在乱石疙瘩之间，可怜巴巴地随风摇曳，仿佛在哀号哭泣。是当时的先锋区党政领导余泳海、杨兴泉带着区委机关干部们，以及县里驻先锋区的其他企事业单位部门的同志们开山放炮，挖坑填土，大种花椒，才有今天青葱碧绿、缀满枝头的花椒，才有这即使是大雨滂沱，也漫山清流，才一改千百年来的浊流卷着碎石横冲直撞，毁良田塞溪河埋庄稼冲房舍，那真的是令人苦不堪言。

杨盛华要带国家林业和草原局领导们去看看鹤山坪东面坡的改造成果。

他在下一盘大棋。

多大？至少得和他的身份相符吧。市委副书记，当然得把全江津的发展作为思考处理问题的出发点和归宿啰。

结果呢？

结果却是着实让他惊讶得瞠目结舌，吓了一跳！

真的是不出杨盛华所料，当他们一行来到离金沙寨西坡十来里远，与金沙寨西坡遥遥相对的鹤山坪东面坡时，太阳如火一样炙烤着刚刚承受过雨水洗礼的大地，整个世界仿佛是一个大蒸笼，热气腾腾，直接将"云蒸霞蔚"的秀美景色捧到你的面前。

鹤山坪东坡比金沙寨西坡更陡峭，石头更坚硬更硕大。偶尔有的泥地上是二三十年前种的芭茅、青冈、刺槐、泡桐等如癞痢头似的薪炭林。山风吹过稀疏的树林，发出鬼哭狼嚎似的啸叫，直让人起鸡皮疙瘩。

又是先锋区党政领导余泳海、杨兴泉他们带着机关干部们义务劳动，搬开大大小小的石头，炸开一个个石窝，填上一撮撮泥土，种植一株株花椒，种活了，长起来了，再无偿地交给当地农民管护收获。

鹤山坪东坡和金沙寨西坡在其他的条件差不多的情况下，其不同点在于金沙寨西坡是沙质土壤，鹤山坪东坡是黏质土壤。

这个土壤形态代表着江津市域内土壤的基本形态。这个山坡无论是形态结构还是成分都在江津有着典型性和代表性。

国家林业和草原局的领导们和随行的专家们极其认真地观察着，询问着，记录着，并摄影摄像着，讨论着，感慨着。

"江津的同志们啊，你们知道吗？你们做了件了不起的事情啊！你们用实实在在的事例证明了一个真理，那就是退耕还林是完全可以做到环保效益、生态效益和经济效益兼容的！用句行话说，那就是生态林和经济林可以是同一个林。江津的花椒林就是这样的一个典型！花椒树就是这样的一种树。"

所谓的真理，就是可以验证的重复的实验证实的结论。

有了江津同志的创举，江津的经验，我们国家的退耕还林工作的推进就将更加迅速。一个绿水青山就是金山银山的崭新景象将呈现在我们面前。

这个……说真的，杨盛华一时还真的没有想那么深那么远。他还只是想如何争取政策支持，将江津的花椒产业纳入退耕还林的政策之中。这可是关系到江津花椒产业的生死存亡的大事啊！政策和策略是党的生命，也是其他事业的生命。有了退耕还林政策支撑，我们的花椒产业就可名正言顺、大张旗鼓地宣传推广、做大做强。更多具体的支持这个政策实施的配套措施也会随之而来，诸如扶持资金、用地指标等。如果没有政策支持，发展就会处处受阻受限。

工作能够得到上级主管部门领导的充分肯定和高度赞美，当然是高兴的，甚至有些大喜过望。

杨盛华和他的同志们其实更多的是为江津的花椒产业发展的光明前景高兴，为江津的广大椒农朋友们高兴，为江津农业、江津农村、江津农民高兴。作为江津的儿子，能够为这片生他养他的土地做一些事情，也为他自己高兴。

江津为我们国家的退耕还林闯出了一条新路，提供了一个成功的范例，为我们国家的绿色发展做出了特别的贡献。而令杨盛华万万没有想到的是，他在此次陪同国家林业和草原局领导们考察调研中提出的"兼用林"，即环保、生态和经济效益兼而有之的林木概念居然在不久之后的国家林业和草原局正式文件中出现了！退耕还林的林木种类也由原来的二类增加至三类，即环保林、生态林、兼用林。

这是破天荒的，其意义之重大是难以估量的。

政策支持争取到了，江津的花椒产业发展呈现出一片光明前景。接下来的事情则是如何乘此东风扬帆远航，把江津的花椒产业搞上去，抵达光辉灿烂的未来，不负国家林业和草原局领导的信任和重托，不负江津150万父老乡亲的期盼。

2000年江津的花椒种植面积是13.3万亩。中共江津市委、市政府提出一个大胆的设想：能不能在 2005 年以前把江津的花椒种植面积提高到 50 万亩，让 50 万~60 万椒农受益，从根本上实现脱贫致富奔小康，为江津完成中央下达的在建党百周年实现全面小康任务提供切实保障。

在完成任务时还有一个前提条件：确保基本农田姓"粮"不姓"林"。花椒产业既然是退耕还林项目，就只能利用坡度大于 20 度的坡地栽种花椒。中央再三强调：基本农田不得挪作他用。这个政策在江津必须得到认真的不折不扣的贯彻执行。

任务光荣而艰巨，但它是党组织的决定。政治路线确定之后，干部就是决定因素。作为共产党人的杨盛华，和县委分管领导，只能认真贯彻落实，保证实现的义务和责任。接下来的事情是考虑带领全县 150 万人民如何干的问题了。

在人们对中国传统文化的认知中，"一方山水养一方人""地灵人杰"简直是家喻户晓，人人耳熟能详。

中山是一个神奇的地方啊！依山傍水的中山镇既有山的厚重沉稳、坚定不移和大气磅礴，又有水的灵秀妩媚、身段柔软和千回百转而目标始终不变。如果说这些只是千万座依山傍水市镇的共性的话，那吊脚楼的通透和底气十足却是罕有的了。千米长街并不少有，但是千米长宴却是唯中山独有的了。令人啧啧称奇的并不是因为发展旅游而故意的打造、生拉活扯的硬掰，而是已存在千年的民俗。它起源于外地客人来此经商，年关将至却无法回转，当地百姓盛情邀请他们就在此过年，他乡当故乡。当地百姓的厚道与善良，洋溢在街巷。你家招待张三，我家招待李四，他家招待王五，十家百家招待十个百个客商，好生热闹。到后来人们渐渐发现单家独户地干，还是冷清了些。何不十家百家约在一起办呢？过年嘛，图的就是个喜庆祥和欢乐。可是哪里来这么大的地方呢？

大街上呗！有人提议。

好的呢！一呼百应。

中山啊中山，早在千百年前，在那自给自足的自然经济禁锢下，"生意买卖眼前花，锄头落地种庄稼"盛行的年月里，你世世代代的子民就生活在这西南一隅，云贵高原大娄山余脉，四川盆地过渡到云贵高原的山褶中，而他们是那样重商友商助商，该有多大的胆识、气魄啊！有此惊天地泣鬼神的壮举还不算，更有"不卖发水米""吴蜀均沾"张扬商道商统的碑刻耸立场街，镌刻在人们心头。它们和当代的"烫手货不收烫手钱"联对一起将中山从中国千百个"历史文化名镇"中突显了出来，风骚独领。

这山这水这地方这文化孕育了杨盛华。

不杰出都不行。不杰出就是一种辜负，就是不孝。

换句话说，这山这水这地方这文化对生于斯长于斯的杨盛华是一种鞭策、一种鼓舞、一种奋勇前行的动力。人是要讲良心的，知恩图报。杨盛华从小就下定决心，要干出一番事业，回报这片土地和这土地上的父老乡亲。

耳濡目染，农村真穷，农民真苦，农业真危险。这些问题时常炙烤着杨盛华年轻的灵魂。

他选择了学农。决心学成之后为"三农"问题的解决尽一份力。

农，是一个广泛的概念，一个宽泛的领域。人的精力能力毕竟是有限的。

他选择了"果树栽培"。

他的想法很单纯而又十分具体。中山是个大山深处的小镇，非常适合果树生长。栽种水果可以使农民取得好的收益，早点快点摆脱贫穷困窘的纠缠，早点快点富裕，生活更轻松愉快。

理想乍看上去并不那么高大上、那么冠冕堂皇，可是它却实实在在，贴近生活贴近现实。真的能够实现，也是一个了不起的成就。正应了那句口头禅：平凡而伟大。

可是杨盛华没能回到中山，带领大家伙儿种植果树，却阴差阳错地走上了从政之路。这是命运的捉弄？不，他作为共产党人，从入党的那一天起，就将自己的一切都交给了党，当然包括理想、志愿、事业，等等。党需要他从事党务工作，他就认真地做好党务工作。如今，党组织根据工作的需要，让任县委副书记的他负责县农业农村工作。而发展花椒产业现在是县委振兴乡村，尽快实现全县农民脱贫致富奔小康的伟大工程的抓手，杨盛华深感责任重大，使命光荣。

花椒不是果树。这是肯定的，毫无异议的。但它却是最接近于果树的树种之一，这也是肯定的，毫无异议的。

杨盛华内心有一种难以言表的兴奋。他的专业知识又有了用武之地。

可不是吗，当一个令人啼笑皆非的故事传播开来，人们津津乐道作为笑话传播时，是他敏锐地感觉到一个花椒产业蓬勃发展的新时代开启了：一块地一分为二，姑嫂分别承包。东头地块嫂子种了庄稼，西头地块小姑子则种植花椒。花椒树根系发达，向四周伸展肆无忌惮，伸进嫂子的承包地舒适坦然。嫂子的气不打一处来，居然敢吮吸我地块的水肥营养！气愤不过，拎起砍刀，哗啦啦哗啦啦将邻近她的地块的花椒树拦腰一阵砍去。小姑子太忙了，也无暇去料理照顾那些遭人砍伐践踏的花椒树。嗨，或许是为了验证"无娘儿子天照顾"那句民谚吧，第二年，那些被砍腰去头的花椒示威似的反倒是长得比那些没有受过伤害的花椒树更加枝繁叶茂，产量成倍地增加。

对于小姑子的因祸得福，嫂子更是气不打一处来。

为什么会这样呢？

村民们百思不得其解，部分村民认为是上苍的垂怜。小姑子祖坟埋得正，得祖先护佑。云云。

故事传到杨盛华耳朵里，心中好一阵高兴、欣喜：果树栽培科学知识告诉他，一场花椒种植革命即将来临。

此后，在杨盛华的组织推动下，一场花椒"矮化技术"的研究推广高潮便在江津广袤大地如火如荼地开展了起来，并且迅速地蔓延至整个中华大地凡是种植花椒的地方。

江津花椒的规模化种植会发端于先锋的原因是什么呢？所谓的"五W"（是什么，为什么，什么时间，什么地方，什么条件）是每个工程技术工作者面对工作中出现的任何现象都必须弄清楚的。疑点难点正是他们研究攻克的方向，这就是工程技术界的"问题导向"。

先锋村民有种植花椒的传统。君不闻，这地方的人家嫁女，是要扯几株花椒苗作嫁妆陪嫁的。姑娘嫁过去有了新的家庭，种上几株花椒树，称盐打油买火柴卫生纸之类零花钱就有了着落。没有这一点，就不可能有马昭军、马昭君们不约而同地各自从云南、贵州、四川攀枝花等地归来时，别的东西不买不带而买几十棵几百棵花椒苗大老远地比喜欢爱护幺儿还更周到细心地带回来试种。

他们之所以从大老远的地方买花椒苗回来的一个重要原因是看到了那个花椒的品质比本地的好。试种的结果印证了他们的判断。无论是从贵州省来的品种还是从云南来的、四川攀枝花来的都各美其美着。值得一提的是从本县塘河来的青花椒甚至是本地的"狗屎椒"也并不是一无是处。一时间在先锋这块仅仅一百二三十平方公里的土地上好几个花椒品种争奇斗艳，直杀得天昏地暗，大有搅得周天寒彻之势，好生热闹。

但是如果只是看到了斗争的一面那就太小看先锋人了。先锋人更有爱动脑子、冷静思索的一面。江津人不会忘记，四川人甚至是中国人都不会忘记，早在20世纪30年代，正是先锋香草村里的几个果农东折腾西捣鼓培育出来的长得仿佛鹅蛋样的橙子，硬生生地把柑橘研究所专家吸引了来，和这几个土专家一起弄出个轰动中国柑橘界的"江津鹅蛋柑"品牌。而永丰村农民果园里的"大红袍"正烁烁其华。大喜过望的研究所专家们差点儿没把下巴惊掉！这是块什么样的土地啊！相距不到 20 公里的距离，居然同时诞生了两个柑橘品牌！双子星齐耀，辉煌着中国乃至世界柑橘界，无可争辩地把"柑橘之乡"的桂冠争取了过来，稳稳当当地戴在了江津头上。将近一个世纪过去了，"大红袍"还是"大红袍"，"鹅蛋柑"换了个名字叫"江津锦橙"，仍然在神州大地上灿烂辉煌。

岁月更替，人世迭代，可是深入骨髓、基因结构的求变求优的精神品质一如既往地保存着，发扬光大着。

他们又开始培育属于自己的品牌。在种植实践中，他们发现各个地方的花椒，各有其长的同时又各有不足之处。扬长抑短，是先锋人从柑橘品种培育中得出的屡试不爽的经验。于是就开始了相互的嫁接试验。

杨盛华在考察调研中见到这种来自"下里巴人"的科学自觉，兴奋不已。他看到了江津农业新希望——农民群众的科学自觉。

科学技术是第一生产力。

这是江津农业振兴的希望所在。

但是他在兴奋之余又有点隐隐之忧。忧什么呢？他又一时半会儿没想明白。

彻夜难眠就是自然而然的了。一个又一个夜晚。

习夷以制夷？他突然想到这个中国人耳熟能详的特别的词语。

就是学习别人的长处的目的是补充我之不足，使我长得以更长，短得以抑止，如此便可以独步天下了。换句话说，就是用外来的花椒的优势改造我们本地的花椒品种。

从栽种的实践中反复比较，发现本地的来自本县塘河的青花椒就表现出非常强的生命力和非常广泛的适应性。就以它为母本如何呢？

科班出身的专家型人士看问题思考问题的角度方法就是和常人不一样。杨盛华的意见得到了邀请来的重庆市农科院、西南大学的专家教授的认可与赞赏。

几年之后，在西南大学、重庆市农科院专家教授的指导帮助下，经过县里农业科技人员和椒农们艰苦卓绝的奋斗，一个新的品质上乘的花椒品牌"先锋花椒"诞生了。

因为它诞生在先锋。

后来才因为这"先锋花椒"有别于别的花椒最大的最显著的特色，一是"青"，二是"九片叶子"，"九叶青"便当仁不让地为这花椒当品牌名了。

有了属于我们自己的花椒品牌那自然是件天大的好事喜事，可是如果仅仅止于此，是不是太容易满足了，格局也太小了些呢？那自然不是杨盛华的个性。得把它培养打造成全国知名品牌，让"九叶青"享誉中外。

杨盛华认真地梳理了自己的思路，为开好贯彻市委关于大力发展花椒产业的决议的"平头山"会议做好了思想准备，信心满满。

平头山，位于德感后街成渝铁路外侧的一个小山头。山上有茂密的树林。林间有一个大院子。它曾经是一个家族祠堂，抗战时期这个祠堂辟为了学校，是当年国立九中的一部分。新中国成立后，这里又改做国有粮库。后来又因为兴建了离火车站更近、运输条件功能更完善的保价楼粮库，平头山粮库就渐渐淡出了储粮序列，于是就成了江津花椒公司的办公用房。在这里召开研究讨论关于花椒产业发展的会议是再合适不过的了。

杨盛华代表江津市委主持了这次会议。出席会议的有副市长许荣生、市人大常委会副主任何泽智、市政协副主席余泳海、市农办主任杨兴泉、市林业局局长许定中、市粮食局局长熊天华、市花椒协会会长陈秀强等。

这是江津花椒产业发展史上极其重要的甚至是十分关键的一次会议。就是在这次会议上，讨论决定了如何实现市委关于全市花椒种植面积 50 万亩，受惠椒农 60 万目标任务的一系列措施。争取经过全市上下一起努力，要让江津的花椒产业实现：

一、全市花椒种植面积 50 万亩，从业人员 60 万人。占全市农民的 60%。

二、争取花椒产值达 15 亿元，带动农民增收 2500 元左右，成为江津农村经济发展的亮点。

三、"九叶青"花椒品牌进入国家地名保护品牌行列。江津进入"中国花椒之乡"行列。

四、种植面积达到 50 万亩，一跃成为全国三大花椒种植基地之首。

五、产品质量最好。力争获得几个国家级奖励。

六、科学技术是第一生产力。江津花椒产业发展必须以科学技术引领，向科技要产量质量效益，向生产的深度和广度进军。争取在花椒精深加工上有所作为，进入国家"863"计划。具体而言，九叶青花椒标准化丰产栽培技术通过国家鉴定，超临界二氧化碳法提取花椒精、微囊花椒粉、亚麻酸粉、鲜青花椒油产品生产工艺等获得国家专利，保鲜花椒、微囊花椒粉、花椒精油和花椒精等通过科技成果鉴定。

七、延长产业链。破除花椒果皮只是做调味品的固有观念束缚，在开发日用化工产品和医疗保健品方面下功夫，奋力拓宽消费领域，带动二、三产业发展，延长产业链。

八、加紧开发花椒树根、树枝、树叶的利用研究，产品开发，"变废物为资源"，再也不能让"花椒全身是宝"成为空谈，让它真正地名副其实。

这是一次具有里程碑意义的会议。既明确了奋斗的方向，又有了切实可行的措施。会议之后，全市人民在市委领导下，努力奋斗，真抓实干，硬是在2004年就实现了种植面积达50万亩的目标。而到了2006年，实现了50万亩花椒的产值达到3.72亿元，椒农人均收入达5000元的高水平！值得一提的是：一是九叶青花椒品种的不断优化和栽培技术的不断提高。二是花椒深度加工，花椒产品的开发、应用领域的不断拓宽，以及根、枝、叶、籽的开发利用都为总产值的提高做出了巨大的贡献。

没有什么不可能

没有调查研究就没有发言权。

走马上任西湖镇镇长的廖义伟没有坐在办公室里查资料听汇报，而是走下去。好容易绕过九十九道拐，不是要领略关胜山巅的风光无限，而是要体会关胜村村民下一次山，来一次位于小河坝场街的镇政府有多不容易。沿着百燕溪溯流而进，不是去欣赏大山跳动的脉搏，而是要走进这个重庆市级贫困村。想知道百姓致贫的原因究竟是什么，脱贫致富的出路到底在哪里。

当官不为民做主，不如回家卖红薯。帝王时代的官员尚且能如此激励自己、要求自己，那是一种责任心的自觉和提醒。而作为共产党人的使命呢？是为人民谋幸福！具体说来，就是必须在建党百周年庆典之前，带领你所在地方的老百姓实现脱贫致富的目标。

一圈走下来，廖义伟算是真真切切地知道了肩上担子究竟有多重！全区 27 个镇街，市级贫困村一共 20 来个，西湖镇就有两个。深度贫困户不但数量庞大，而且还分布广泛。西湖镇的地形地貌既奇特又复杂。那些艺术想象力丰富的艺术家把它描绘成一幅悬挂在四川盆地到云贵高原间的山水画。最高点的阳照山海拔 1032 米，而最低点的庙基海拔 l83 米！浅丘、深丘、山地地形都在这里汇聚。人口密度却达到了每平方千米 391 人，而和它相邻的蔡家镇人口密度却只有每平方千米 271 人。而离西湖稍远一点的柏林镇人口密度则是每平方千米 141 人。

西湖镇人均耕地 0.76 亩，并且还大多是坡陡、瘠薄、破碎的冷浸田和坡耕地。这就是基本镇情。一切从实际出发。这就是西湖镇的实际。在这样的客观实际条件下要在不到 10 年的时间里实现全镇的脱贫致富奔小康的目标，其难度之大还是远远地超出了廖义伟的想象。作为一镇之长，他真真切切地感到了肩上担子的沉重。

没有豪言壮语，也不怨天尤人，只有苦苦地探寻，探寻到一条能够让西湖百姓脱贫致富的好路子。

花椒种植是一个好法子。这是老大哥镇街屡试不爽所证明了的，它的最大的特色是比较效益高，经营管理都比较简单，劳动强度也不是很大，就是一般劳动力也能胜任。

可就是这样的一个在全区其他兄弟镇街都取得了不俗成果的项目怎么就在西湖不温不火，毫无亮色可言呢？这是廖义伟始料不及，且百思不得其解的问题。

深入本镇调查研究的同时也走出去，去寻觅可以攻玉的他山之石。

都说外面的世界很精彩。

在嘉平镇，他发现了"农讲所"。将一个废弃的村办小学改造成了一个供农民学时势学政策学技术的场所，效果奇好，在带领农民脱贫致富斗争中可谓是立下奇功伟绩。紫荆村，这个由区粮食局联系帮扶的市级贫困村在脱贫致富的路上创造了许多耐人寻味又值得学习借鉴的宝贵经验。

代表粮食局具体落实对紫荆村帮扶任务的是一个叫作陈秀强的中年汉子，以及他的团队——区花椒协会。这个军人出身的汉子尽管离开军营一段时间了，却仍然保持着军人的尖锐与硬朗、刚毅与顽强。在反复比较论证之后认定花椒种植是可以让紫荆村摆脱贫困的行之有效的好路子之后，便一头扑下身子，对花椒种植的全过程开始了科学研究的实践。在西南大学、重庆市农科院、林科院专家教授的悉心指导下，在不长的时间里便成为花椒种植的行家里手。更令人叹为观止的是，他居然独立地培育出了适合于海拔 600 米以上地区种植的花椒新品种"天之椒"，一举打破了花椒种植不能超过海拔 600 米的禁锢。只为紫荆村那一方的父老乡亲，只为党的委托与嘱咐：脱贫致富的路上一个也不能落下。

因为紫荆村就在海拔大大高于 600 米的紫荆山上。

西湖镇的阳照山、骆崃山、关胜山，高耸入云，哪一座的海拔都大大地高于 600 米。山上居住着数以万计的还没有脱贫致富的父老乡亲啊。

对！就是他了！陈秀强！请他来传经送宝，请他来现场指导，言传身教。廖义伟一锤定音。

课堂就选在青泊村黄沙坝。

为什么选在青泊村呢？是因为那里的交通便利？还是那里有个杜家祠堂？杜甫一脉相传的后人在这块土地上落地生根，那"大庇天下寒士俱欢颜"的民本情怀暗示、感召的缘故？

镇长廖义伟从研究决定、策划动员、组织安排、听课学习，甚至是修枝实践，都全程参与。是领导者、组织者的同时也是正经八百的学员。这让当先生的陈秀强很受鼓舞，更是对来自各村的花椒种植骨干、大户的鞭策，令他们非常感动。

从那以后，这样的培训班西湖镇政府还组织了多次。

科学技术是第一生产力。

蓬勃发展的花椒产业在西湖镇如期完成脱贫攻坚战中，立下汗马功劳，并且在之后的乡村振兴中继续发挥着重要作用。

明天更美好

2020年，中国扶贫攻坚工作进入收官之年。江津区早在2019年就实现了全区整体脱贫。江津花椒产业在实现全区整体脱贫目标中做出了突出贡献。全区花椒种植面积超过52万亩，产花椒30余万吨，价值30余亿元，占全区农业人口68％的62万椒农人均年收入达到5000多元。江津荣获"国家现代农业示范区""江津花椒中国特色农产品优势区""全国农村一、二、三产业融合发展先导区创建单位""中国农村专业技术协会重庆花椒种植与加工技术交流中心""国家农业科技园区示范单位""全国农业产业化示范基地""全国农产品加工创业基地"等国家级荣誉称号。张世英和区农委领导集体将在市委区委的领导下，依托花椒等农业产业优势，以科技为支撑，以市场为导向，以延长产业链、提高效益为动力，通过实施创新驱动战略，建设"三区一高地——高效农业示范推广区、农产品加工交易区、城乡健康养生休闲区、全国花椒为主的富硒农业科技聚集高地"，加快"美丽乡村"建设步伐，振兴乡村，实现广大农民群众对美好生活的向往。

尽管已经退休多年，仍然数年乃至十数年如一日地关注着关心着江津农业、江津花椒产业发展的老同志辜文兴、康纲有、李德良、何建平、杨盛华、余泳海得知江津区实现全区整体脱贫，江津花椒产业发展成就辉煌，潜力巨大，前景一片光明，看着那满壁满墙的国家级荣誉称号铭牌、奖牌以及难以计数的锦旗、奖杯、奖状，心潮起伏澎湃，双眼噙着泪花。这些成就里充溢着他们对江津这块生养他们的土地的无限热爱，对父老乡亲的赤子情怀，对党和党的事业的无限忠诚。这里面浸透着他们的心血和汗水，他们的岁月芳华。尽管这些铭牌、奖牌、奖杯、锦旗上并没有镌刻、书写他们的名字，可是只要有"江津"就够了！足够了！因为他们都是江津人民的儿子！难道这个世界上还有比为生他养他的这块土地和这块土地上的人民增光添彩更值得骄傲自豪的事情吗？

为什么我的眼里常含泪水？因为我对这土地爱得深沉！

望着眼前的张世英和她的同志们，在完成扶贫攻坚任务后的新的时代里，在江津农业、江津花椒产业上一展身手谱写新的乐章、创造新的辉煌的朝气蓬勃的年轻人，辜文兴们好生欣慰。我们党的事业后继有人，江津农业、江津花椒产业发展后继有人。

李德良看看辜文兴、康纲有，看看何建平、杨盛华，再看看张世英们，脑子里突然冒出那句至理名言：在实践斗争的大风大浪中"考察和识别干部，挑选和培养接班人"。放眼望去，辜文兴、康纲有也罢，何建平、杨盛华、余泳海也罢，张世英们也罢，我们大家都在发展江津农业，尤其是在发展江津花椒产业的实践斗争中，接受党组织的考察和识别，挑选和培养，一代一代地接着干。久久为功，终于干出了一番成就。自己也经受住了考察和识别，挑选和培养，得到了提高和成

长。同时也为党的事业培养锻炼出了人才，这是江津花椒产业
发展的又一个重要成果。

　　看到张世英们正在茁壮成长，辜文兴、康纲有、李德良、何
建平们心中好生高兴：江津的花椒产业明天会更美好。《椒乡之
歌》将再谱新曲，再唱新歌。江津的明天将更加瑰丽多姿，璀
璨辉煌。

后 记

　　为什么我的眼里常含泪水？因为我对这土地爱得深沉。江津，生我养我的地方，自记事起我就有说不完的话要对她倾诉。于是早在20年前退出工作岗位，完全可以自由选择自己以后的生活方式时，我便毫不犹豫地放下了机械设计的直尺圆规三角板，而拿起了钢笔，爬起了格子，开始了对生我养我的这片神奇的土地江津，对故乡山河、故乡父老乡亲的深情倾诉与热情祝福。当我第一批作品出来后分别寄给几家出版社。不止一家出版社编辑约谈，内容大同小异：读过你的作品，你已有一定的创作能力，具有成为有成就的作家的潜质。你在上海上大学，对北京也很熟悉，为什么不写上海北京，而偏偏要写江津山旮旯呢？谁会有兴趣了解你那些鸡毛蒜皮、陈谷子烂芝麻？你不是学国防高科技的吗？在那个领域里大展拳脚身手，一定会有轰动效应的啊！

　　没有办法，从睡梦中醒来，脑际弥漫萦绕着的总是江津山水人文和乡村田园阡陌，还有乡亲父老的苦怨悲欢谈笑风生。于是我相信了那句话：一个人无论多么大的年纪，他永远走不出他的童年，同样，无论他曾经去过多远的地方，他永远也走不出他的故乡。故乡是他的根，是他的魂，是他的命。即使是生命结束了，也得叶落归根。故乡的山水，故乡的父老乡亲，我和你们血脉相连、疼痛相依，我怎能离开你们，去创造"轰动效应"？

没办法，提起笔总是故乡山水故乡人。

书，不出就不出吧，这是我的宿命，认命吧。于是我就坚持写我的江津。书，文，能出就出，能用就用。不是说越是民族的越是世界的吗？一滴水还能反映太阳的光辉呢，何况偌大的江津，还不能反映这个世界、这个时代？

写，就写江津！

此次包括《椒乡之歌》在内的"脱贫致富奔小康"系列纪实文学作品拟写四个15万字左右的小长篇。《椒乡之歌》打头阵，其余三本为《为了母亲的微笑》（社会治安综合治理篇）、《通途》（要致富先修路，架桥铺路篇）、《清溪晨曲》（美丽乡村建设，乡村旅游篇）。

谈到《椒乡之歌》的写作缘起，倒是有意思。它的萌芽，纯属机缘巧合。2019年12月朋友请吃饭。席桌上主人介绍入席各位朋友时，我才认识了李德良。尽管30年前就听说过这个"姓名"。这一天的相遇认识让我心情激荡，是因为事出太突然，也太巧了。巧的是与朋友聚会前一个小时，空闲下来的我东翻西翻，翻到了李德良的一篇文章《花椒往事》。文章主要讲述他受江津市委委托，率队去争取将江津花椒产业和花椒精深加工项目纳入国家高科技项目"863"计划之中的过程。曾经参与过国家高技术项目科研的我太知道将项目纳入国家高技术

"863"计划的重要意义和获批之艰难。令人惊叹不已的是他竟然将此事办成了！这让我急切地想见到这个叫李德良的人，听他讲讲那奇迹如何创造的过程。

放下文章就去赴宴。当朋友向我介绍李德良时，我酒杯都端不稳了，满满的一杯酒洒了一大半。天啊！这也太巧了吧！怎么解释呢？搜肠刮肚，穷尽记忆，硬是没能找出半个词儿形容描绘！

席散道别时，自然地，我向李德良提出"什么时候听你讲讲花椒，讲讲'863'计划呢"的请求。

10天后，在滨江路西段长江大桥南桥头巧遇到滨江路散步的李德良。于是我们就坐在江边长石凳上，李德良给聊起了江津花椒，还有"863"计划申报的来龙去脉。不听还好，这一听就让我冲动、激动、浑身热血沸腾。几十年来的江津山水人文、江津花椒……给搅了个翻滚沸腾。

当我无法平抑创作之情，决定写作《椒乡之歌》后，李德良向我提供了他的著作《足音》《岁月音符》做参考资料。他是一个非常用心的人，几十年如一日地做工作笔记。相关"花椒"方面的记载讲了好多给我听。《椒乡之歌》的创作坚持"大事不虚"，经受得住时间和历史的考验与淘洗，这与李德良所提供的史料和他的花椒人生经历故事是分不开的。

谈《椒乡之歌》的创作，还要感谢先锋镇党委宣传委员王凤。几年前我受区文管所委托去先锋镇考察文物，并写一些相关介绍文章。王凤带着我一个村一个村地走，甚至于进入院坝农家深入调查研究。谈完了文物、村民，基层干部自然而然地就会谈到花椒。其对先锋镇党委政府、江津区党委政府几十年如一日地带领大家种花椒，使得家家户户都脱了贫，致了富，过上了小康生活的赞美和感激之情溢于言表，令我好生感慨与感动，于是萌生了写先锋花椒二三事的冲动。可是我抑制住了，因为了解得不全面不充分，认识也十分肤浅。所以始终没敢动笔。之后又好多好多次去先锋走村入户，为了花椒而积累，同时也接受思想的洗礼，加深情感、加深印象。每次王凤都提供了许多的方便和大力支持。

封林也是必须好生感谢的。他主编的《江津花椒大事记》《麻遍全国　香飘世界》都是我写《椒乡之歌》的主要参考资料。

还要谢谢张世英主任的支持。她传来了许多的参考资料，还多次与我进行热情洋溢的谈话。

江津的脱贫攻坚工作取得重大成果，全区实现了贫困脱帽。但振兴乡村，实施美丽乡村建设，实现人民对美好生活的向往的任务还任重道远。在脱贫攻坚战中立下汗马功劳的"江津花椒产业"同样任重道远。江津的花椒之歌将谱出新的篇章，把《椒乡之歌》唱得更加瑰丽嘹亮，更加威武雄壮！江津的明天一定会更美好！